Ein neues Land,
ein neues Leben

„Wir haben beide unser Land verlassen müssen und sitzen nun hier in diesem alten, teilweise verfallenen Haus. Aber für mich ist es hier zu Ende. Ich bin einfach zu alt. Nur du nicht. Du bist jung.

Für dich kann es weitergehen. Dazu brauchst du ein neues Leben, aber auch noch ein neues Land. Das ist nicht so leicht. Dazu sollte man jung sein, weil die Suche danach viel Kraft kostet.

Du hast leider früh lernen müssen, ein Krieger zu sein. Es wird dir aber helfen, alle Gefahren zu erkennen. Das lernt man als Krieger.

Deshalb, glaube ich, kannst du es schaffen. Glaube an dich selbst, denke an die guten Zeiten, die du erlebt hast. Denke daran, dass du das Glück wiederhaben möchtest.

Aber du weißt auch, dass ich nicht allein bin. Nimm dieses Kind mit auf die Reise. Es wird dich führen und begleiten. Sein wahrer Name ist mir nicht bekannt. Ich weiß nur, dass es magisch ist.

Als ich es fand, lag es, scheinbar leblos, im Wald. Die Kälte hätte es fast sterben lassen. Nur in seinen Augen erkannte noch ich den Hauch des Lebens. Über seine Herkunft konnte ich nichts Genaues erfahren.

Es wird jedenfalls ohne Schwierigkeiten mit dir gehen, weil es meine verlorene Kraft schon seit längerer Zeit spürt. Das Kind weiß aber auch, dass ich mit der Auswahl eines neuen Freundes sehr wählerisch sein werde. Nun ist es so weit. Ich habe dich gefunden. Freue mich, dass du da bist.

Sei normal zu ihm. Sei so, wie du bist. Das ist die Voraussetzung für die Suche nach dem neuen Land und dem neuen Leben.

Ich sehe viele Fragen in deinen Augen, leider kann ich sie dir nicht beantworten. Du musst einfach losgehen. In die große Welt hinein. Dabei werdet ihr euch gegenseitig helfen. Es wird dir nämlich bei der Suche eine unendliche Hilfe sein. Auch wenn es nur ein Kind ist. Du darfst es deshalb nicht unterschätzen. Das kannst du dir einfach nicht leisten.

Euer Ziel liegt in einem großen Tal. Dort wo viele Lichter sind. Es sind die Lichter des Lebens. Und wo das Leben ist, befindet sich auch das neue Land. Denn ohne Leben gibt es kein neues Land und umgekehrt. Das ist immer so.

Den Weg, den du gehen musst, ist der Weg der Abenteuer. Also oft verschieden und ohne klares Ziel. Immer mit der Hoffnung, dass es schon gutgehen wird.

Man erzählt sich, im Tal der Lichter muss dieses Kind bekannt sein. Vielleicht weiß man dort, wo es hingehört. Jedenfalls kommt es aus einer mächtigen Familie. Es hatte diesen versiegelten Brief bei sich. Das Siegel ist noch verschlossen. Den Brief gibt das Kind nicht aus der Hand. Das sollten wir akzeptieren. Auf dem Siegel siehst du das Zeichen des Mondes. Es ist ein heller Mond zu sehen mit vier Sternen. Sie sind ein Zeichen für eine besondere Macht. Und vielleicht ist das auch der Schlüssel, wo dieses Kind hingehört. Suche also den Mond mit den vier Sternen. Aber schaue dabei nicht immer nur in den Himmel. Das ist das einzige, was ich dir noch sagen kann. Mehr weiß ich nicht.

Morgen früh, wenn die Sonne am Himmel steht, werde ich nicht mehr da sein. Damit beginnt eure Reise und gleichzeitig auch eure Aufgabe.

Ihr werdet plötzlich so frei wie ein Vogel durch das Leben gehen. Ihr müsst lernen, eure Sinne zu gebrauchen, müsst lernen, permanent wach zu sein. Solltet jederzeit bereit sein, zu lachen, auch wenn euch nicht danach ist. Aber immer mit dem Gedanken im Kopf, dass ihr auf der Hut sein müsst. Denn wir kennen eure Feinde nicht. Es muss nämlich einen Grund haben, weshalb dieses Kind bei mir ist. Vielleicht musste einer das Kind schnell in Sicherheit bringen. Deshalb geben wir dem Kind also Sicherheit. Behandle es so, als wäre es dein eigenes. Dann machst du nichts falsch.

Jetzt müsst ihr aber gehen. Damit es weitergeht in eurem Leben. Und bleibt so lange nicht stehen, bis ihr endlich zu Hause seid."

Der Mann schaute zur Tür. Das Kind nahm ihn kurz in den Arm und ging mit einigen wenigen Tränen, die auf seiner Wange glitzerten, mit mir auf die Reise.

Die ersten Stunden sprachen wir keinen Ton miteinander. Was auch ganz normal für ein Kind war. Wir kannten uns ja auch nur einen Moment lang. Aber das war nicht so schlimm. Schließlich sollten noch einige Momente vor uns liegen. Vielleicht auch sehr viele davon.

Das Kind hatte blonde Haare, die so hell waren, dass sie weithin sichtbar waren und wunderschön wirkten. Mit dem Gesicht war es ähnlich. Es war ohne Makel. Ebenmäßig und schön. Man musste immer wieder hinschauen. Dieses Kind war wirklich eine Schönheit. Es wirkte zart und zerbrechlich wie eine Pflanze. Die Art, zu gehen, war ein Tanz, trotz der kindlichen Unbeholfenheit. Ein solches Kind musste beschützt werden. Ich hatte das Gefühl, auf einen Zauber aufzupassen. Das war ein neues Gefühl für mich als Soldat. Bisher hatte Zauber keinen Platz in meinem Leben gehabt. Nun war er da und schien auch zu leben. Er schien andere Waffen zu besitzen, anders in den Kampf zu ziehen. Eben komplett abweichend zu sein.

Der ganze Tag verlief normal. Wir gingen durch unendliche Wälder, überquerten Wiesen, die voller Blumen waren. Tranken aus Bächen, die so klar waren wie der Sternenhimmel in einer wolkenlosen Nacht. Aßen gemeinsam unsere spärlichen Vorräte. Machten Pausen und betrachteten dabei die Natur. Manchmal sprachen wir miteinander. Sprachen über den Tag oder einfach über scheinbar unbedeutende Dinge.

Die Sonne begleitete uns. Sie war aber nicht zu heiß, sondern schien uns nicht viel geben zu wollen. Sie wirkte wie eine Mutter, die auf ihr Kind aufpasste. Nicht zu viel und nicht zu wenig. Es war gerade genug, um einfach glücklich zu sein. Und das waren wir wirklich an diesem Tag. Obwohl wir eigentlich gar nicht so richtig wussten, wie es weiterging. Wir lebten den Moment, um Kraft für die Zukunft zu bekommen. Das wussten wir beide. Auch das scheinbare Kind. Mittlerweile war ich davon überzeugt, dass ich nicht nur ein einfaches Kind vor mir hatte. Es hatte eine Seele aus einem mir unbekannten Land.

Als der Tag langsam zu Ende ging, suchten wir uns einen Platz für die Nacht und fanden schließlich ein Moosbeet unter einer alten Eiche. Wir hatten zwar kein Dach über den Kopf, aber einen weichen Platz zum Schlafen. Der Himmel war sternenklar, und deshalb brauchten wir den Regen nicht zu fürchten.

Wir lagen nebeneinander, berichteten uns gegenseitig von unseren Erlebnissen und schliefen gemeinsam darüber ein.

Die Nacht verlief wie in einem wohlbehüteten Haus. Wir wurden durch nichts aufgeschreckt. Selbst die Tiere schienen sich unseretwegen leiser zu unterhalten. Vielleicht war ja das Kind der Grund. Angeblich sollen ja alle Lebewesen unserer Welt Kinder erkennen können und das Grundbedürfnis haben, ihnen Schutz zu gewähren.

Jedenfalls war unsere Nacht schön, voller Träume und Sehnsüchte für einen neuen Tag.

Der Morgen begann gleich mit einer Überraschung. Ich wurde durch ein Meeresrauschen geweckt, wo gestern noch keines zu hören war.

Wir öffneten, glaube ich, beide gleichzeitig die Augen und sahen ein riesiges Meer vor uns. Der große Wald, die Wiesen vom Tag zuvor, waren wie vom Erdboden verschluckt. Es wehte ein leichter Wind, das Sonnenlicht spiegelte sich im Meer.

Das Kind ging den Strand entlang, und ich folgte ihm langsam. Nach einer gewissen Zeit stellten wir fest, dass wir wieder unseren Ausgangspunkt erreicht hatten. Also mussten wir auf einer Insel sein. Da hatten wir nun ein Problem mit dem Weiterkommen. Denn eigentlich wollten wir ja ein großes Ziel erreichen. Ohne ein Boot wäre das wahrscheinlich nicht mehr zu erreichen.

Kaum hatte ich diesen Gedanken zu Ende gedacht, da ging das Kind mit langsamen Schritten ins Meer und verschwand mit einem Lächeln im Gesicht unter der Wasseroberfläche. Zuerst schaute ich noch ruhig zu, denn ich dachte, es würde wieder auftauchen, doch die Meeresoberfläche blieb glatt.

Also fasste ich meinen ganzen Mut zusammen und ging auch langsam in das Wasser hinein. Kaum stand ich aber mit beiden Beinen im Meer, da merkte ich, dass ich immer tiefer hineingezogen wurde.

Es war ein angenehmes Gefühl. Kein Gefühl der Angst. Ich hatte eher den Eindruck, ich werde irgendwo hingeführt. Damit es weitergeht und nicht aufhört.

Kaum hatte ich darüber nachgedacht, wie lange ich wohl ohne Luft leben würde, da ging es einfach weiter. Das Leben und das Atmen wurden mir nicht genommen. Ich spürte auch, dass es immer tiefer in diese Wasserwelt hinein ging. Nach einiger Zeit änderte sich auch das Licht.

Zuerst war es weiß, so wie ich es ja auch kannte, dann wurde es grün. Aber es war so eingestellt, dass alles gut zu erkennen war. Es wirkte sogar sehr beruhigend auf mich. Irgendwann sah ich auch, wie der Meeresgrund unter mir auftauchte. Zuerst nur schemenhaft, dann konnte ich eine ganze Unterwasserwelt wahrnehmen. Eine Welt, in der auch viel los war, wo es aber dennoch ruhig war. Ich hörte keine Schreie, sondern nur ein leises Summen. Ich setzte schließlich langsam auf dem Meeresboden auf. Ich fing ganz normal an zu laufen, ging einfach so drauf los. Weil ich ja eigentlich nicht wusste wohin. Aber ganz besonders machte ich mir Sorgen um das Kind. Es war mir ja verloren gegangen.

Nach einer ganzen Weile kam ich an einen großen Platz. Hier schwammen viele verschiedene Wesen des Meeres um etwas herum. Als ich mich diesen Platz allmählich näherte konnte ich das verloren geglaubte Kind erkennen. Es schien alle in der Umgebung befindlichen Lebewesen zu unterhalten. Mir wurde bewusst, dass das Kind mir noch viel mehr Überraschungen bieten würde. Jedenfalls hatte es mir in manchen Dingen etwas voraus. Obwohl ich ein erfahrener Krieger war, fragte ich mich nun, weshalb ich überhaupt hier war. Dieses Kind schien ja sehr gut alleine zurechtzukommen.

Ich stellte mich zu den anderen Lebewesen und tat es ihnen gleich.

Wir hörten diesem Kind zu. Leider verstand ich es nicht. Seine Laute waren mir vollkommen fremd. Aber trotzdem war es nicht langweilig. Das lag am Klang seiner Worte. Sie waren so aneinandergereiht, dass sie eine Melodie ergaben. Darauf kam es anscheinend an. Hier ging es um die Melodie, die ausgetauscht wurde. Nicht darum, jedes Wort zu verstehen. Auch die anderen Lebewesen sprachen in Melodien.

Die Gesichter, die sie dabei machten, waren teilweise ernst, dann wieder voller Lachen. Aber immer bemüht, eine Lösung zu finden. Das konnte man als Außenstehender sehen.

Doch mehr als zuschauen konnte ich leider nicht. Jetzt musste ich Vertrauen haben, auch wenn ich mich in dieser Rolle nicht besonders wohl fühlte.

Als ich so vor mich hin dachte, da bemerkte ich über mir einen großen Schatten. Die anderen ließen sich von dessen Anwesenheit nicht beeindrucken. Dieser große Schatten wurde durch einen bunten, sehr ruhig schwimmenden Fisch verursacht. Ich bezeichne ihn einfach als Fisch, da mir keine andere Bezeichnung für ihn einfiel. Er hatte aber Ähnlichkeit mit einem Tier aus meinem Land, und bei uns war das ein Fisch. Seine Ausmaße waren jedoch nicht vergleichbar.

Er schaute mir direkt in die Augen und dadurch konnte ich erst seine wahre Größe erahnen. Ein Auge war so groß wie ich selbst. Ich hätte mich quasi hineinstellen können.

Schließlich sprach er mit tiefer, freundlicher Stimme: „Ihr seid auf der Suche nach einem neuen Land und einem neuen Leben. Das Wasser hat uns davon erzählt. Denn alles, was erzählt wird, muss durch das Wasser. Deshalb wissen wir alle hier Bescheid. Weil ihr nicht unendlich viel Zeit habt, haben wir euch schnell zu uns geholt. Der alte Mann, der dir das Kind anvertraut hat, vergaß, dir von dem Kompass zu erzählen. Den brauchst du, um dein Ziel zu erreichen. Diesen Kompass gibt es nur bei uns. Außerdem hast du mit diesem Kind schon einen Teil deines neuen Lebens erhalten, aber es reicht nicht. Du brauchst viel mehr. Dadurch seid ihr aber ewig miteinander verbunden, und es wird dich verändern. Es hilft dir, Dinge anders zu betrachten. Und zwar mit den Augen der Kinder. Nur mit den Augen der Kinder geht es weiter.

Dieses Kind, welches du behütest, ist ein magisches Kind. Es ging beim Untergang einer Welt verloren. Die Grenzen wurden zerstört, und deshalb fiel es durch den Raum. Wenn das Kind wieder ein Zuhause bekommt, ist nicht alles von diesem untergegangenen Land verloren. Es ist die Keimzelle, um wieder stärker und größer zu werden.

Lange wusste keiner wo es geblieben ist. Die Kraft des alten Mannes hat es behütet. So wusste keiner, wo es war. Nun wissen alle, dass es noch lebt. Jeder möchte es haben, weil es so mächtig ist. Doch der Rat der Weisen hat beschlossen, es seine eigene Welt finden zu lassen, damit die Gleichgewichte bestehen bleiben. Das verstehen aber wahrscheinlich nicht alle.

Deshalb musst du auf das Kind aufpassen, bis es angekommen ist.

Musst für ihn der Vater sein, auch wenn du eigentlich keiner bist.

Doch das wirst du lernen. Du hast ja schon damit begonnen.

Wenn du weiter in diese Richtung hier gehst, wirst du auf ein altes, untergegangenes Schiff treffen. Es liegt dort schon eine ganze Ewigkeit. Du kannst es ruhig betreten. Dort musst du aus dem Steuerrad den Kompass entnehmen. Mit ihm findest du das Tal der Lichter. Du brauchst ihn aber nicht immer, sondern nur, wenn die Ziffern blinken. Er zeigt dir einen Teil des Weges. Niemals den ganzen Weg. Falls du dein Ziel erreicht haben solltest, trage den Kompass einfach wieder ins Meer. Er findet von alleine zurück. Die Strömungen treiben ihn wieder an seinen alten Platz. Diesen Weg kennt er schon."

Der große Fisch schaute mich noch eine kleine Ewigkeit an und schwamm schließlich in die Ferne des großen Ozeans, bis er nicht mehr zu sehen war. Je weiter er sich von mir entfernte, desto mehr wurde ich mir der unendlichen Weite des Ozeans bewusst. Er zeigte mir einfach, wie klein ich war, aber gleichzeitig auch die Möglichkeit, einen anderen Ort des Lebens zu finden.

Während ich damit beschäftigt war, meine Gedanken zu sortieren, kam das kleine Kind an meine Hand und schaute mich mit der Sehnsucht des Weitergehens an. Diese Sehnsucht brauchte man nicht zu kommentieren. Die ist da und benötigt nichts anderes als einen neuen Weg. So gingen wir schließlich weiter. Gingen hinein in die Wegelosigkeit des Meeres.

Nach einiger Zeit erreichten wir ein altes, halb eingefallenes Schiff. Es sah nicht sehr stabil aus. Da der Fisch mir jedoch gesagt hatte, ich solle es betreten, ging ich hinein. Zwar mit einem mulmigen Gefühl, aber auch getragen von der Neugierde, was mich wohl erwartete.

So stieg ich die alte Treppe hoch, betrat das Deck und ging bis zum Steuerrad. Hier lag in einer kleinen Ausbuchtung ein kleiner Kompass. Er war nicht sehr groß, wirkte eher wie ein Spielzeug.

Nach einer Weile der Betrachtung nahm ich ihn schließlich in die Hand und legte den Kompass in meinen kleinen Rucksack, der mich immer begleitete.

Als ich ihn verstaut hatte, verließ ich dieses mysteriöse Schiff.

Unten wartete schon das Kind neugierig auf mich. Ich nahm es wortlos bei der Hand und ging mit ihm fort in Richtung der warmen Strömung.

Der große, unbekannte Fisch hatte zum Abschied noch zu mir gesagt: „Im Meer musst du immer dorthin gehen, wo der warme Strom hinfließt. Da findest du immer andere Lebewesen. Das wissen alle erfahrenen Wesen des Meeres."

So liefen wir zuerst in die eine, dann in die andere Richtung. Die Hände zeigten uns den Weg, da sie hier im Wasser als erstes die Temperaturänderungen anzeigten.

Mittlerweile waren das Kind und ich Freunde geworden. Wir mochten uns. Das kam anscheinend von ganz allein. Wir hatten einige Dinge gemeinsam. Lachten gleichzeitig über andere, oft auch über uns selbst. Hatten auch ähnliche Zweifel. Natürlich gab es auch ein gemeinsames Ziel. Das Ziel irgendwo neu anfangen zu dürfen.

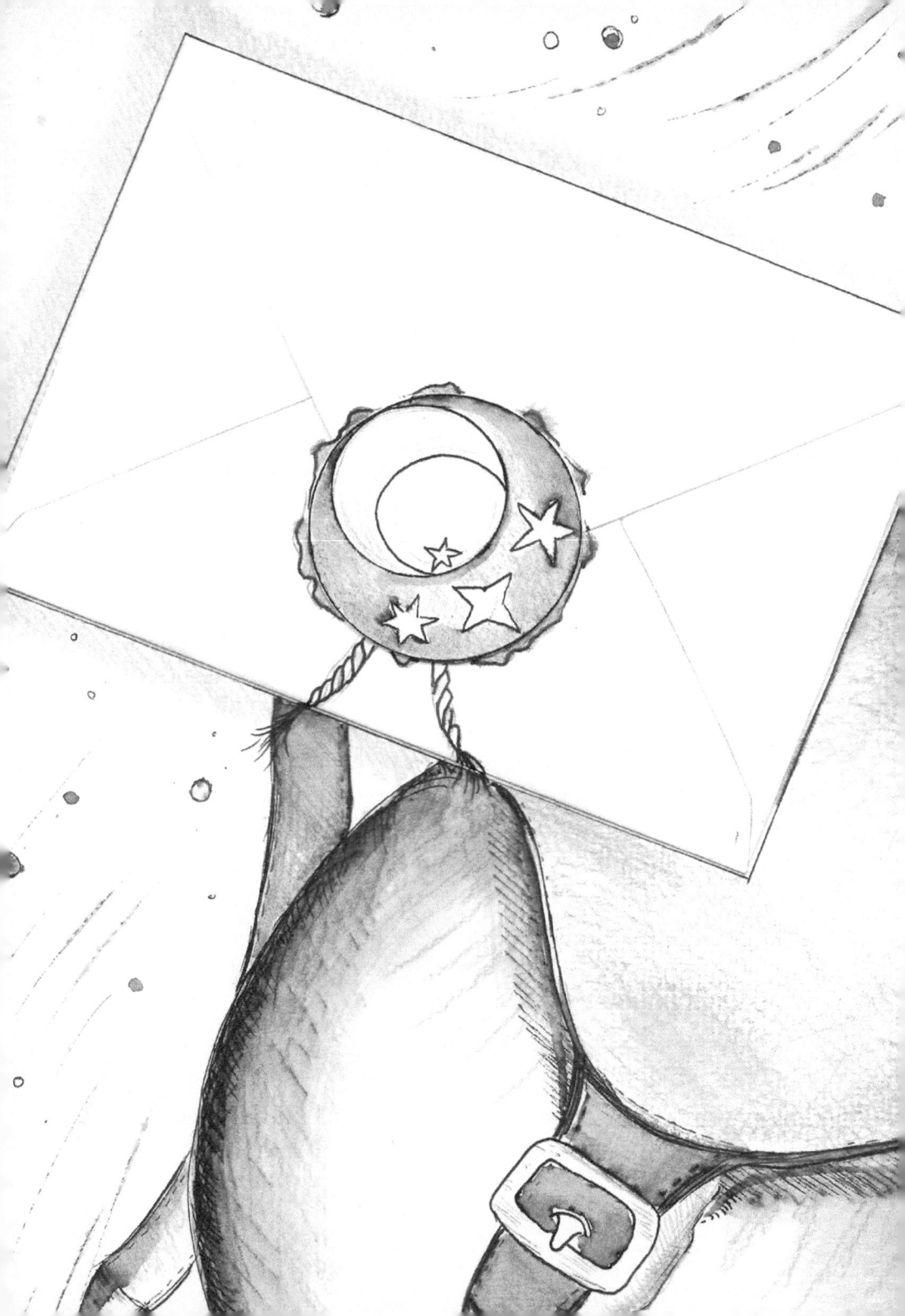

Das Zuckerwattenland

Wir verließen das Meer so schnell, wie wir hineingekommen waren, und hatten uns gerade auf einen Sandhügel gesetzt, um ein wenig zu verschnaufen, da wurde der Boden unter uns unruhig. Irgendetwas trug uns nach oben. Das Sonnenlicht blinzelte durch die Wasseroberfläche. Schließlich schwammen wir auf einem ausgedehnten Meer. Das Wasser war glatt, nur vereinzelt sprangen Fische aus dem Meer, um kurze Zeit später wieder abzutauchen. Die Sonne war kräftig, und unsere helle Haut spannte schon. Das, was uns trug, konnten wir immer noch nicht beschreiben. Dazu war zu wenig davon zu sehen. Es war grau, hatte eine glatte, sogar eher glitschige Haut. Die Größe war schwer zu bestimmen. Jedenfalls saßen wir nur auf einem kleinen Teil seines Rückens. Aber die Wellen zeigten uns, dass es sehr groß sein musste.

Ein Kopf oder andere Dinge, die uns helfen konnten, es genauer zu beschreiben, waren für uns nicht zu erkennen. Jedenfalls schien es uns nicht schaden zu wollen, sondern wollte uns anscheinend irgendwo hinbringen. Nach einer Weile sahen wir von weitem schon Land auf uns zukommen. Zuerst dachte ich, es sei eine Täuschung. Mal sah es wie Land aus, dann schien es wieder verschwunden zu sein. Wahrscheinlich lag das an der großen Entfernung. Nach einer ganzen Weile verschwand es nicht mehr vom Horizont.

Der große Fisch – oder was immer es auch war – musste sich jedenfalls sehr schnell im Wasser bewegen können. Wir freuten uns, dass wir endlich wieder festen Boden unter die Füße bekommen würden. So interessant das Leben in der Wasserwelt auch war, es blieb dennoch eine uns völlig fremde Welt. In mir blieb ein Gefühl der Unsicherheit. Aber ich denke, dass das eine normale Reaktion auf diese fremde Welt war. Trotz aller Neugierde und Überraschungen.

Das vor uns auftauchende Land nahm immer mehr Konturen an. Wir steuerten auf eine hohe Steilküste zu, an der man wohl unmöglich hochgehen konnte. Aber der Fisch schien ein festes Ziel zu haben. Er schwamm parallel zur Küste, wurde dabei immer langsamer. Schließlich drehte er nach links, direkt auf eine kleine unscheinbare Bucht zu. Er brachte uns fast bis zum Strand. Im flachen Wasser stiegen wir ab, und nach ein paar Metern hatten wir festen Boden unter den Füßen.

Der Fisch zeigte sich dennoch nicht in seiner wahre Größe. Kaum drehten wir uns zurück, um nach ihm zu schauen, war er auch schon verschwunden und hinterließ ein bleibendes Geheimnis. So wie viele Dinge.

Da die Sonne schon langsam am Horizont verschwand, suchte und fand ich am Strand zwischen zwei Dünen einen windstillen Platz zum Übernachten. Genügend trockenes Holz, um ein Feuer zu machen, lag herum. Schließlich sind die Nächte am Meer immer kälter, und außerdem wollte ich uns etwas zum Essen machen. In meinem alten, geflickten Stoffrucksack hatte ich noch altes Brot. Dieses weichte ich mit Wasser auf und machte aus diesem alten Brot einen Teig. Mittlerweile brannte das Feuer lichterloh, und eine angenehme Wärme erreichte unsere frierenden Körper. Den Teig formte ich auf zwei Stockspitzen, sodass wir ihn problemlos ins Feuer halten konnten.

Schon nach kurzer Zeit roch es nach frischem Brotteig. Als der Teig immer dunkler wurde, nahmen wir ihn aus dem Feuer und verspeisten ihn. Natürlich hatten wir beide schon etwas Angenehmeres verspeist, aber in unserer Situation waren wir damit irgendwie zufrieden, und er schmeckte gut. Nachdem nichts mehr übrig war, legten wir uns in den warmen Sand am Rande des Feuers. Ich wusste, dass das Feuer uns vor Gefahr schützen konnte. Einerseits ist es also ein Freund, manchmal verrät es einen aber auch durch den Schein, sodass andere eventuell angelockt werden. Aber ohne Risiko gibt es eben kein Abenteuer. Wir fielen schnell in einen tiefen, erholsamen Schlaf und vertrauten uns der unbekannten Umgebung an.

Geweckt wurden wir durch die Schreie in der Natur. Die Sonnenstrahlen schienen in unsere Augen, und die Ruhe der Nacht wurde durch eine vermehrte Umtriebigkeit in der Umgebung abgelöst. Das Feuer war mittlerweile ausgegangen, aber durch die starke Sonne war die Luft schon angenehm warm.

Wir machten uns marschbereit, um weiter ins Landesinnere zu kommen. Schon nach einigen Hundert Metern wurde der Sandstrand durch Gräser und Büsche abgelöst. Nach einer weiteren halben Stunde waren wir in einem Wald unterwegs. Wir gingen einfach los, ohne ein genaues Ziel zu haben. Den Kompass hatte ich bisher noch nicht gebraucht. Den bräuchte ich wahrscheinlich dann, wenn ich nicht mehr weiterwüsste. Doch jetzt schien uns noch irgendetwas die Richtung zu weisen. Vielleicht war es auch einfach nur ein Bauchgefühl mit Richtungsangabe. Nicht mehr und nicht weniger.

Mittlerweile wurde der Wald immer dichter. Wir hatten größte Mühe voran zu kommen. Erschwerend kam noch hinzu, dass wir uns in einem steilen Hang bewegten. Als ich schließlich einen Schritt nach rechts machte, sprang plötzlich ein großes Tier auf, sah mich, änderte die Richtung, sah das Kind verlor dabei das Gleichgewicht, kippte um und begrub mich unter sich. Eine ungeheure Gewalt schien meinen Körper nach unten zu drücken. Das Atmen fiel mir bei dieser Last sehr schwer, und ich war voller Angst.

Das große Tier schien auch ganz überrascht, drehte sich um die eigene Achse und stand schließlich verunsichert ‚aber durchaus zum Kämpfen bereit, vor uns.

Es war ein großer Hirsch. Er war sehr erhaben und wunderschön anzusehen. Er schien wie wir verwundert zu sein.

Das kleine Kind hatte es ihm jedenfalls angetan, da er es einige Minuten lang völlig regungslos anstarrte. Auch ich hatte mich mittlerweile wieder erholt und stand wieder auf meinen Beinen. Zwar schmerzten mir mein rechtes Bein und die Rippen, aber es war nicht so schlimm. Wird bestimmt wieder vergehen, dachte ich.

Nach einer Zeit des Schweigens schien sich die Spannung zu legen. Wir atmeten alle wieder etwas ruhiger. Ich sah in den Augen des Hirsches sogar ein leichtes Lächeln.

Schließlich sprach er bedächtig: „Mein Name ist Endri. Ich bin noch einer der wenigen Hirsche in diesem Land. Ihr habt mich beim Schlafen gestört. Denn ich schlafe immer bis mittags, da ich bis spät in der Nacht unterwegs bin. Eigentlich müsste ich euch böse sein, nur bin ich heute gut drauf, und die Sonne lacht so schön. Deshalb verzeihe ich euch. Aber bildet euch bloß nichts darauf ein. Habt eben Glück gehabt.

Hirsche sind an sich brav. Genießen, wenn es möglich, ist jeden Tag. Vielleicht liegt es auch daran, dass wir so groß sind und die Welt aus einer anderen Perspektive sehen. Oder es gibt einfach keinen Grund. Das kann natürlich auch sein. Macht aber nichts. Hauptsache wir verstehen uns. Ich freue mich nämlich immer, wenn man sich versteht.

Aber ich muss feststellen, dass ihr nicht von hier seid. Sonst sind hier nämlich keine Menschen mehr zu finden. Die sind inzwischen nur noch im Zuckerwattenland. So nenne ich es jedenfalls. Deshalb müsst ihr von außerhalb sein. Eure Augen sagen mir auch, dass ihr überhaupt keine Ahnung habt von dem, was es hier so gibt. Ihr scheint völlig unschuldig zu sein. Geht einfach so in den Tag hinein. Oder?"

Mittlerweile hatten das Kind und ich uns ins Gras gesetzt.

Der Hirsch berichtete uns von dem, was sich hier bis jetzt zugetragen hatte. Er sprach: „Wir waren ein blühendes Land mit Gräsern, Blumen, unendlichen Wiesen und was sonst noch alles dazugehört. Alles änderte sich mit dem Auftauchen des schwarzen Adlers. Als er kam, da kam das Böse. Zuerst waren alle begeistert. Vor allem die Menschen. Denn sie mochten ja die Zuckerwatte, da sie süß war und Lust auf mehr machte. Sie war plötzlich überall. Dort, wo vorher Wiesen waren, da wuchs Zuckerwatte aus dem Boden. Sie ersetzte die Blumen, die Gräser und sogar die Bäume. Jetzt ist mir nur ein schmales Stück Wald geblieben. Hier ist noch alles so wie früher. Aber ich denke, dass auch diese Zeit bald zu Ende sein wird. Deshalb muss ich mich auf die Suche machen. Auf die Suche nach einem neuen Land.

Wir haben alle versucht, es wieder so werden zu lassen wie früher, aber wir wissen nicht, wie wir das anstellen sollen.

Ich selbst denke, dass die Antwort bei dem schwarzen Adler liegt. Als wir ihn einmal um Hilfe baten, da sprach er nur zu uns: ‚Nur der weiße Mond kann euch noch helfen. Doch der ist für euch unerreichbar.'

Seitdem ist der Adler verschwunden. Er ließ uns mit alldem allein und schien sich sogar über unsere Not zu freuen.

Doch ich möchte jetzt auf die Suche gehen. Vielleicht finde ich ja ein anderes Zuhause. Es wäre natürlich sehr schön, wieder zurückkommen zu können. Schließlich ist es ja meine Heimat.

Jedenfalls warte ich nicht mehr einfach nur ab. Wenn ich mich für das Warten entscheiden würde, dann wäre ich sowieso bald nicht mehr da. Was habe ich also zu verlieren? Deshalb ziehe ich jetzt einfach los. Ich kann eigentlich nur gewinnen."

Nach diesen erhabenen Worten legte sich der große, mächtig wirkende Hirsch in ein Moosbeet und schaute uns aus treu blickenden Augen an. Er wollte uns wahrscheinlich die Angst vor ihm nehmen. Wir beide waren froh, einen Freund gefunden zu haben, mit dem wir sprechen konnten.

Mir persönlich gingen aber seine Worte von dem weißen Mond nicht aus dem Kopf. War es jener Mond, der auch auf dem Briefsiegel des Kindes zu sehen war? Vielleicht hatten wir ja alle das gleiche Ziel? Jedenfalls entschloss ich mich, vorerst zu schweigen. Schließlich war der Brief mit dem Siegel unser großes Geheimnis, welches mir der alte Mann anvertraut hatte. Vielleicht würde ich das Leben des Kindes gefährden, wenn ich es preisgab. Schließlich kannten wir Endri ja erst seit kurzem.

Trotz aller Zweifel stimmte die Gefühlswelt zwischen uns. Wir hatten ähnliche Gedanken und Träume. Wollten einfach nur hinaus aus dem Jetzt, raus aus dem, was wir bisher kannten. Verbunden mit dem Gefühl, dass es irgendwie weitergehen muss.

Wir erzähltem dem Hirsch etwas von unseren Erlebnissen und auch von der Suche nach einem neuen Land.

Wir redeten stundenlag miteinander und beschlossen, gemeinsam loszuziehen. Wir setzten uns auf seinen Rücken. Ich hielt mich an seinem kräftigen Geweih fest, das Kind umschlang meine Hüfte. Als Endri aufstand, bekamen wir einen großen Schrecken, da der Boden tief unter uns zu sein schien. Doch dieses Gefühl ging bald verloren. Schließlich waren wir sehr stolz, ihn zu haben, und auch nicht mehr alles laufen zu müssen.

So ging unser Abenteuer also weiter mit einem Begleiter mehr.

Endri bestimmte den Weg, als kenne er das Ziel.

Die Landschaft verlor an Farbe. Hinzu kam immer mehr Weiß. Die Vielfalt schien verloren gegangen zu sein. Jetzt konnten wir Endri verstehen. Alles bestand nur noch aus Zuckerwatte. Die Tiere waren völlig verschwunden, die Menschen wirkten dick und träge. Sie schienen sich nur noch von dem süßen Zuckerzeug zu ernähren. Wir konnten sehen, dass sie nur noch mit sich selbst beschäftigt waren. Das Glück hatte sie offenbar verlassen.

Während wir durch diese veränderte Welt liefen, sprachen wir wenig miteinander. Es war wie ein Schock. Wir wollten diese unwirtliche Gegend schnell verlassen, denn hier konnte oder wollte eigentlich keiner mehr zu Hause sein.

So vergingen die Stunden und Tage, bis Endri auf einmal langsamer wurde. Dann hielt er unerwartet an und legte sich hin. Obwohl wir lange ohne Pause gereist waren, fühlten wir uns nicht erschöpft.

Er sagte schließlich zu uns: „Hier müssen wir uns trennen, da ich als Hirsch dieses Land eigentlich nicht verlassen darf. So ist das Gesetz. Die großen Hirsche sind nämlich in jedem Land von großer Bedeutung. Sie sind ein Teil des Friedens, von dem jedes Reich etwas braucht. Deshalb muss ich unbemerkt durch den Fluss. Da auch für mich dieser Fluss gefährlich sein kann, gehe ich zu meinem Freund, dem Fischer. Er zeigt mir, wo ich schwimmen muss. Viele von denen, die es ohne seine Hilfe versuchten, kamen dabei ums Leben. Deshalb treffen wir uns am anderen Ufer auf der Lichtung mit den drei großen Bäumen. Geht, wenn ihr drüben seid, einfach nach rechts am Ufer entlang.

Ihr müsst jetzt nur weitergehen, bis ihr zur goldenen Brücke kommt. Auf dieser goldenen Brücke erwartet euch der Baum der

Grenzen. Dieser wächst auf der Brücke, ohne den Boden zu berühren. Er entscheidet, ob ihr gehen dürft. Was ihr tun müsst, um hinüber zu dürfen, weiß ich nicht. Das ist eventuell das Problem. Aber es wird überliefert, dass ihr einfach nur ehrlich sein müsst. Ob sich das jedoch durch den schwarzen Adler geändert hat, weiß ich nicht. Versucht es einfach. Wenn nicht, dann geht zurück, und wir treffen uns beim Fischer. Es gibt also irgendwie doch immer einen Weg. Ich werde hier im Dunkeln auf euch warten. Ich sehe ja, ob ihr hinüberkommt. Viel Glück!"

So verabschiedeten wir uns, und ich ging mit dem Kind weiter die Straße entlang. In der Ferne sahen wir aber schon ein Leuchten. Je näher wir kamen, desto heller wurde es. Schließlich standen wir vor einer großen Brücke. Sie leuchtete, als sei sie aus Gold. Ihre beiden Geländer bestanden aus blinkenden Steinen. Vielleicht waren es sogar Diamanten. Sie sahen jedenfalls so aus.

Zuerst blieben wir stehen und bestaunten dieses wundersame Bauwerk. Nach einigen Minuten der Befangenheit gingen wir weiter. Aus Angst schauten wir weder nach rechts noch nach links, sondern nur geradeaus. Denn wir wollten nur eins, wir wollten auf die andere Seite des Flusses.

Als wir ungefähr auf der Mitte der Brücke waren, stand da plötzlich wie aus dem Nichts dieser Baum vor uns. Seine Wurzeln umrankten den ganzen weiteren Weg. Sie waren dicht aneinandergereiht, sodass wir nicht mehr weiterkamen. Wir standen ratlos davor, schauten uns an und dachten an die Möglichkeit des Zurückgehens.

Endri hatte zwar etwas von Ehrlichkeit erzählt, aber wir wussten ja nicht, über was wir ehrlich berichten sollten. Zumindest ich wusste es nicht.

Wir setzten uns schließlich auf den Boden der Brücke. Schauten uns so lange an, bis das Kind anfing, dem Baum unsere und seine Geschichte zu erzählen. Es begann von seiner erlebten Zeit zu sprechen. Auch von der Zeit, die ich noch nicht kannte.

Es war die Rede von einem großen Königreich. Es befand sich im Irgendwo. Alle seien sehr glücklich in diesem Reich gewesen. Dort sei die Zeit des glücklichen Lebens. Irgendwann wären plötzlich die Vögel aufgetaucht. Als sie kamen, hätte sich die Natur verändert. Sie schienen alles verändern zu können. Selbst die Pflanzen seien nicht mehr die gleichen. Noch bevor sie überhaupt eine Gefahr erkannten, sei schon alles verloren gewesen.

Nach einem großen Sturm wäre dann alles weg gewesen, und wach-geworden wäre es in einem alten Haus bei einem alten Mann. Dieser habe es in einem Wald gefunden.

Als die Worte des Kindes verstummten, schauten wir uns gegenseitig an. Selbst der Baum, dessen Äste sich vorher mit dem Wind bewegten, gab keinen Laut von sich. Auch die Blätter blieben still.

Als die Ruhe fast zur Qual wurde, bewegten sich die Wurzeln nach oben, sodass wir weitergehen konnten. Dabei leuchtete der Baum in einem hellen, weißen Licht. Er schien sich zu freuen. Er zeigte Freude darüber, heute wieder ein Stück mehr Wahrheit erfahren zu haben. Dieser Baum strahlte Weisheit und Leben aus, ohne jemals ein Wort gesprochen zu haben. Das war das Besondere an ihm. Bis zum Ende der Brücke wurden wir von ihm begleitet. Dabei schwebte dieser im-mer über uns. Am Ende der Brücke blieb er stehen und ließ uns ziehen.

Als wir schon einige Meter am Ufer entlang gegangen waren, wand-ten wir unseren Blick noch einmal zurück. Da sahen wir den Baum wie-der in der Mitte der Brücke. Sein Leuchten hatte er aber verloren.

Nach einer Weile trafen wir an der verabredeten Stelle wieder auf Endri. Auch er hatte es sicher ans andere Ufer geschafft.

Mittlerweile verschwand die Sonne am Horizont. Der Hirsch kannte sich bestens damit aus, sichere und bequeme Nachtlager zu finden. In einer Dickung fanden wir dann schließlich unseren Ruheplatz. Unsere scheinbar unendliche Müdigkeit ließ uns sofort einschlafen. Wir schliefen noch sehr viel unbekümmerter als sonst, da wir ja einen großen Aufpasser hatten. Denn Tiere sind die besten Aufpasser. Selbst im Schlaf reagieren sie auf wichtige Veränderungen in ihrer Umgebung. So hatte ich etwas Entlastung, fand die Ruhe, die nötig war, um einen neuen Tag zu bestehen.

Nach diesem anstrengenden Tag fielen wir in einen scheinbar unendlichen Traum. Ich denke, Endri auch. Vom Kind nicht zu reden. Kaum lagen wir, so war es auch schon im Schlaf versunken.

Der Rabe

Als ich wach wurde und, wie immer, als Erstes auf die Uhr schaute, drehten sich die Zeiger dauernd im Kreis herum. Eine Zeitbestimmung war dadurch nicht mehr genau möglich. Ich musste mich also nach der Sonne richten.

Mittlerweile waren alle aufgewacht und genossen den wunderschönen Sonnenaufgang. Endri hatte in Windeseile verschiedene Früchte zusammengesucht, die wir gemeinsam verspeisten. Danach setzten wir unsere Reise fort. Das Ziel gab Endri vor.

Anscheinend wusste er, wie gewohnt, den richtigen Weg. Es gab auch überhaupt keinen Grund, an ihm zu zweifeln. Vielleicht gab es ja auch nur einen Weg. Tiere geben das Wissen über Wege von Generation zu Generation immer weiter, so wird es überliefert.

Die Landschaft, in der wir uns befanden, sah aus wie meine Heimat. Der Wind und die Düfte, die dieser mitbrachte, waren jedoch anders. Diesen anderen Wind zu beschreiben, ist sehr schwierig. Er war feinfühliger, vielleicht auch nicht so eigensinnig, wie ich ihn kannte. Auch die Wolken hatten nur wenig Ähnlichkeit mit denen aus meinem Land. Hier sahen sie alle gleich aus. Es gab vom Aussehen her überhaupt keine Unterschiede zwischen ihnen. Sie waren alle weiß, kantig und nicht rund. Das wirkte etwas seltsam. Beunruhigte uns aber nicht, da es ja einfach nur anders war. Unser Leben beeinträchtigte es anscheinend nicht.

Wir liefen zuerst durch einen dichten Wald, der aber einen Blick in den blauen Himmel zuließ. Durch die freie Sicht nach oben, bemerkte ich, dass immer wieder ein Rabe zu sehen war. Er tauchte schemenhaft auf, dann schien er wieder verschwunden zu sein.

Mit seinem Auftauchen befiel mich ein ungutes Gefühl. Ein Gefühl von Gefahr. Dieses Gefühl war mir ja als Krieger bekannt. Das lernt man als Krieger, um überleben zu können. Ich sprach auch Endri darauf an.

Er zwinkerte mir mit einem Auge zu und sprach leise zu mir: „Ich weiß, mir ist die Anwesenheit des Raben auch schon aufgefallen. Unter den Tieren ist bekannt, dass die Raben die Kinder des schwarzen Adlers sind. Da der schwarze Adler oft das Böse bringt, bin ich bei Raben immer etwas vorsichtig. Deshalb haben wir es wahrscheinlich mit einem Beobachter zu tun. Aber Raben sind sehr neugierig. Das ist ihre Schwäche. Wir werden versuchen, ihn zu fangen. Wir brauchen ihn lebend. Das ist wichtig. Die Toten reden zu wenig. Vielleicht erfahren wir durch ihn, wie es weitergeht und für wen wir so wichtig sind. Denn ich glaube nicht, dass er aus diesem Reich stammt. Mir scheint, dass es hier überhaupt keine anderen Vögel gibt. Ist dir das nicht aufgefallen? –

Doch, es ist so. Wir haben hier bisher nicht einen einzigen Vogel gesehen. Das ist der Fehler, den er begangen hat. In diesem Reich gibt es keine Vögel. Bisher habe ich jedenfalls keinen gesehen. Deshalb haben wir ihn auch wahrgenommen. Das ist unser Glück und hoffentlich sein Pech.

Die Raben lieben alles, was glänzt. Mit etwas Glück werden wir ihn mit etwas Glänzendem fangen. Wir machen uns seine Neugierde zunutze.“

Endri schaute auf meinen Rucksack. Mir war klar, dass ich jetzt etwas Glänzendes suchen musste. Ich holte aus dem Rucksack ein Geldstück. Endri schaute mich zufrieden an, drehte sich um und verschwand für kurze Zeit im Wald.

Als er wiederkam, war ein Teil seines Geweihs mit Honig bedeckt. Jetzt verstand ich seinen Plan. Ich legte instinktiv das Geldstück auf einen alten Baumstumpf. Endri verteilte mit seinem Geweih Honig auf und in der Umgebung des Geldstücks. Der Honig war hell, erschien fast durchsichtig. Aber wir hatten auch die Hoffnung, dass die Neugierde ihn unbekümmert machen würde.

Wir waren gerade fertig, da nahmen wir ihn auch wieder in der Entfernung war. Wir setzen scheinbar unsere Reise fort und gingen weiter des Weges. Hinter der Kurve verließen wir den Weg, gingen im Schutz des dichten Waldes wieder zurück, um in sicherer Entfernung unser Geldstück zu beobachten.

Es dauerte wirklich nicht lange, und wir sahen den Raben anfliegen. Er schien vollkommen unbekümmert. Drehte noch nicht einmal eine Kontrollrunde; schaute weder nach rechts noch nach links. Schließlich landete er voller Ungeduld direkt in der Umgebung des Geldstücks. Schon Sekunden nach der Landung stellte er seinen Fehler fest, versuchte sofort wieder loszufliegen. Aber durch den klebrigen Honig war er nicht mehr zu einem Schnellstart fähig. So nutzte ich den Moment seiner Schwäche und rannte aus dem Wald auf ihn los. In seinen Augen war die Furcht deutlich zu sehen. Er erkannte wohl, dass er jetzt ein Problem hatte. Ich fasste ihn an seinen Hals, steckte ihn in meinen Rucksack, schnürte den Rucksack schließlich zu, sodass nur noch der Kopf vom Raben herausschaute.

Jetzt hatten wir ihn. Er konnte uns zwar noch beobachten, doch war es ihm nicht mehr möglich, etwas über uns oder unseren Weg irgendwohin weiterzugeben.

Mit dem Raben im Gepäck zogen wir weiter des Weges. Wir nutzten dabei wieder den Weg, den irgendeiner angelegt haben musste. Er bestand aus schneeweißen Steinen. Sie waren alle rund, hatten keine

Ecken, und das Laufen auf ihnen machte kaum Geräusche. Es war auch angenehm, da sie trotz ihrer geringen Größe nicht durch die Sohlen drückten. Man hatte wirklich das Gefühl, auf Moos zu laufen. Jedenfalls konnte dieser Weg unmöglich von selbst entstanden sein. Aber vielleicht fanden wir ja die Antwort.

Das Kind machte unsere Reise problemlos mit, ohne jemals unzufrieden zu sein. Es fühlte sich bei uns wohl. Das merkte man. Es freute sich auch darüber, Endri dabeizuhaben. Dieser war zwar kein Krieger, aber allein durch seine enorme Größe musste man vor ihm Respekt haben. Zusätzlich gab dieser uns ein Gefühl von Sicherheit.

Während wir uns fröhlich unterhielten und auch etwas stolz waren, den klugen Raben überlistet zu haben, standen wir unerwartet vor einem undurchdringlichen Geflecht aus Büschen mit Dornen. Selbst der Hirsch vermochte es nicht mehr beiseite zu drücken.

In meinen Augenwinkeln bemerkte ich ein verstecktes Lachen im Gesicht des Raben. Ich ließ mir aber nichts anmerken.

Der Weg jedenfalls endete, schien irgendwie zu verschwinden, man sah auch nicht mehr, wohin er führte. Wir schauten uns ratlos an, wussten zuerst nicht, was wir machen sollten. Als wir schon dachten zurückzugehen, viel mir der Kompass ein. Ich holte den Kompass aus meinem Rucksack, entfernte das Tuch. Als ich mir die Zeichen hinter dem Glas anschaute, konnte ich allerdings keine Nadel entdecken. Auf einer weißen, glänzenden Schicht waren nur leuchtende Symbole zu sehen. Während ich den Kompass anschaute drehte ich mich um mich selbst und bemerkte, dass ein Zeichen an einer bestimmten Stelle stärker leuchtete. Wenn ich mich zu weit drehte, war es wieder dunkler. Das schien die neue Richtung zu sein. Der große Fisch sagte mir ja: ‚Wenn du nicht mehr weiterweißt, wird der Kompass dir helfen!'

Der Rabe schien sichtlich verunsichert zu sein. Er wusste anscheinend nichts von dem Kompass. Jedenfalls schwieg er weiterhin eisern, obwohl er seit seiner Gefangennahme am Fliegen gehindert wurde. Außerdem musste er sehr hungrig sein.

Wir wussten ja nun, dass es für uns weiterging. Immer wieder zeigte das leuchtende Symbol in eine Richtung. Obwohl dort zuerst auch nur undurchdringliches Dickicht zu sehen war, kamen wir voran. Das Gestrüpp fiel in sich zusammen, und vor uns lang ein schmaler, passierbarer Weg. Offenbar gingen wir durch ein Tal. Links und rechts von uns türmten sich die Sträucher zu unendlich hohen Wänden auf. Weil der Pfad so schmal war, konnten wir nur hintereinander laufen.

Wir sprachen eine gefühlte Ewigkeit nicht miteinander. Wir waren alle angespannt beim Gedanken daran, was uns wohl erwarten würde. Auch gab es für uns kein Zurück mehr. Denn hinter uns war der Weg nicht mehr zu sehen. Lautlos wuchs das Dickicht hinter uns wieder zu einer geschlossenen Wand.

Unser schmaler Pfad war trotzdem hell erleuchtet. Das Licht kam aus dem Boden und war angenehm, strahlte eine Wärme aus. So schien es jedenfalls. Einzelne Lampen waren nicht zu erkennen, sondern eher eine ganze, in sich leuchtende Fläche, die überhaupt keinen Übergang aufwies.

Wie auf dem Kiesweg war auch hier das Gehen lautlos. Selbst vom großen, schweren Endri hörten wir nur seine leise Atmung. Mehr nicht.

Nach einer unbekannten Zeit veränderte sich das Leuchten des Kompasses. Alle Lichter fingen plötzlich an zu blinken. Ich blieb also stehen. Kaum stand ich, zerfiel der leuchtende Weg unter unseren Füßen. Zum Vorschein kam ein Weg aus Blumen, der immer breiter wurde. So standen wir schließlich auf einer Art Blumenwiese, deren Größe unendlich erschien. Das Licht des Kompasses war jetzt erloschen. Ich wickelte ihn wieder vorsichtig in ein Tuch und verstaute ihn sicher im Rucksack. Momentan hatte er seine Aufgabe erfüllt.

Im ersten Moment waren wir wieder ohne Orientierung. Als ich meinen Blick jedoch längere Zeit über den Horizont wandern ließ, bemerkte ich, dass in einer Richtung die Blumen einen bläulichen Schimmer hatten. Deshalb entschlossen wir uns, in diese Richtung weiter zu ziehen. Jetzt konnten wir wenigstens wieder nebeneinander gehen, wodurch wir leichter Blickkontakt herstellen konnten, und wir fühlten uns nicht so allein in dieser völlig fremden Umgebung.

Der Rabe wurde zunehmend unruhig. Man sah ihm an, dass die Gefangenschaft nicht spurlos an ihm vorüberging.

Schließlich war er ja nicht mehr so frei wie der Wind. Außerdem hatte Endri ihm versalzene Beeren gegeben. Deshalb wurde er immer durstiger. Wenn wir an Bächen oder Tümpeln vorbeikamen, schauten seine Augen sehnsüchtig zum Wasser. Aber der Vogel war sehr stolz. Das mussten wir schon anerkennen, obwohl er gewiss nicht unser Freund war und etwas Böses in seinen Augen stand.

Nachdem wieder eine ganze Weile vergangen war, hörten wir plötzlich eine schwache, leise Stimme. Es war der Rabe. Er stammelte leise vor sich hin: „Ich, ich bin der Beobachter des Adlers. Er hat mich geschickt. Er hat viele Beobachter, die in alle Teile der verschiedenen Welten entsendet werden. Es geht um die Macht. Das Kind kann etwas, was es nur noch selten gibt. Es ist die Gabe, andere zu begeistern, und zwar über alle Grenzen hinaus. Das hat sich herumgesprochen. Davor hat der schwarze Adler Angst.

Mit diesem Talent kann man ihn schwächen. Er möchte kein Land, welches die anderen zusammenbringt. Sein Reich soll so bleiben wie es ist oder noch mächtiger sein.

Doch je mehr dieses Kind geliebt wird, desto weniger Macht hat er. Er möchte nicht, dass das Kind ein anderes, ein neues Land findet. Denn es würde wahrscheinlich sehr mächtig werden. Deshalb soll ich den Aufenthalt des Kindes regelmäßig durchgeben, damit wir es in einem günstigen Moment mitnehmen können. Es soll dort leben, wo nur der Adler es sieht. Er möchte es selbst erleben und auch von ihm lernen. Mit dem Ziel, noch mächtiger zu werden. Nicht mehr und nicht weniger.

Deshalb wurde das Land des Kindes zerstört. Keiner sollte überleben.

Aber einer hat es gerettet. Der alte Mann nahm es bei sich auf. Dieser alte Mann konnte es nicht nur pflegen, sondern auch beschützen. Er war nämlich in Wirklichkeit ein Magier. Durch seine Energie machte er es für alle unsichtbar. So dachten wir, es hätte nicht überlebt. Erst als das Leben des Magiers schwächer wurde, spürten wir den Lebenshauch des Kindes wieder. Also wurden Boten in alle Welten verschickt, um es zu finden.

Wir beobachten besonders alle Wege ins Tal der Lichter. Das Tal muss nämlich euer Ziel sein. Nur dort gibt es den Ursprung für ein neues Land und ein neues Leben."

Wir gingen wortlos des Weges.

Von Zeit zu Zeit wurde das aufgeregte Atmen des Raben immer leiser, bis es irgendwann gar nicht mehr zu hören war. Als wir daraufhin nach ihm schauten war sein Kopf nach vorne gesenkt. Mich überkam ein unangenehmes Gefühl, dass ich von früher her kannte. Es war das Gefühl des Todes. Ich legte den Rucksack ab, hob seinen leblosen Kopf und sah in seine Augen. Sie hatten ihren Glanz verloren, blickten nur noch ins Leere. Irgendetwas hatte ihn umgebracht. Vielleicht lag es daran, dass er uns alles erzählt hatte.

Anscheinend hatte er zu viel erzählt. Das muss man manchmal mit dem Leben bezahlen. Ein Zauber, der ihn zuvor vor vielen Gefahren beschützte, brachte ihn wahrscheinlich sogar um.

Jedenfalls hatte er uns etwas weitergebracht. Das musste man ihm hoch anrechnen. Wir kannten jetzt den Gegner, hatten nun vielleicht eine bessere Chance, uns zu verteidigen.

Nachdem alles erledigt war, stellten wir uns noch einmal für einige Minuten vor das Grab, und jeder nahm für sich Abschied von dem uns eigentlich unbekannten Raben. Vielleicht war er sogar für uns gestorben, obwohl er eigentlich zu unseren Feinden gehörte.

So gingen wir weiter auf die Suche nach dem Tal der Lichter. Wir wanderten bis in die Dunkelheit hinein.

Als wir uns schon nach einem Schlafplatz unter freiem Himmel umschauten, entdeckten wir nicht weit von uns ein kleines Licht. Einmal war es klar zu sehen, dann verschwand es wieder. Als wir genauer hinschauten und uns weiter dem Licht näherten, erkannten wir ein kleines, unscheinbares Haus. Hinter einer Reihe dichter Büsche war es fast unsichtbar. Die Büsche bewegten sich mit dem Wind und gaben nur ab und zu dieses kleine Licht frei. Das Haus – oder besser gesagt diese Holzhütte – hätten wir am Tag wahrscheinlich nicht wahrgenommen. Nur dieses Licht verriet uns dessen Existenz.

Vorsichtig näherten wir uns, versuchten durch die Fenster hinein zu spähen. Es war nicht viel zu sehen, schien aber bewohnt zu sein, da ein Kaminfeuer vor sich hin loderte. Also muss es einen geben, der sich in der letzten Zeit darum gekümmert hatte.

Wir schauten uns an, sprachen leise darüber, wie wir uns verhalten sollten. Nach einigen Minuten kamen wir zu dem Schluss, in das Haus hineinzugehen. Wir mussten es einfach wagen.

Uns war kalt, wir hatten Hunger und die unglaubliche Sehnsucht nach Schlaf. Das war für uns Grund genug, ein Risiko einzugehen. Schließlich wussten wir ja nicht, was uns erwartete. Aber wir beschäftigten uns nicht lange mit diesen zweifelnden Gedanken.

Da Endri eine Tür nicht leise öffnen konnte – er war dafür einfach zu groß – ging ich leise hin, drückte vorsichtig die Klinke hinunter und öffnete nahezu lautlos die Tür. Kein Knarren war zu hören.

Als ich die Tür vollständig geöffnet hatte, sah ich in einen einzigen großen Raum. Das ganze Haus schien nur ein Zimmer zu haben. Mehr konnte ich nicht entdecken.

Uns kam eine mollige Wärme entgegen, sodass Endri und das Kind mich fast in das Haus hineinschoben.

Als wir alle im Raum waren, schlossen wir die Tür sofort hinter uns. Jetzt erst war zu sehen, wie gemütlich alles eingerichtet war. Aber auch der Tisch war schon gedeckt. Es standen drei Teller auf dem Tisch. Also entweder war dies Zufall, oder irgendeiner hatte uns erwartet. Aber uns war es in dieser Situation sowieso egal. Der Hunger war zu groß.

Das Kind und ich zogen unsere Jacken aus und entledigten uns der Schuhe. Endri hatte es wesentlich leichter. Er konnte immer so bleiben wie er war. Die Natur hatte es ihm leicht gemacht. Problematisch war jetzt nur seine Größe. Er passte so gerade ins Haus. Seinen Kopf musste er leicht senken, damit das Geweih nicht gegen die Decke stieß. Aber er nahm es sportlich, legte sich schließlich auf den Bauch, sodass er bequem den gedeckten Tisch erreichen konnte. Sein Teller war übrigens deutlich größer als unsere und auch mit seinen Lieblingsspeisen gefüllt.

Dem Kind und mir ging es genauso. Doch hatten wir einen Stuhl sowie Messer, Gabel und Löffel zur Verfügung.

Interessant war, dass unsere Teller nie leer wurden. So lange wir noch Hunger verspürten, kam immer irgendetwas Essbares nach.

Zum Schluss, als wir schon nicht mehr so schnell essen konnten, wurden die Speisen immer langsamer nachgezaubert. Als wir schließlich satt waren, kam nichts mehr nach.

Mit den Getränken verhielt es sich genauso. Jeder bekam das, was er brauchte beziehungsweise was ihn zufrieden machte.

Sicherlich war es von uns etwas leichtsinnig, alles zu verspeisen, ohne zu wissen, ob es nicht doch vergiftet sein könnte. Aber der Hunger hatte unsere Bedenken weggewischt.

Als wir fertig waren, schauten wir zufrieden und müde einander an. Wir betrachteten die gemütliche, aber eher spartanische Einrichtung des Hauses.

Für Endri breitete ich für das Nachtlager etwas Stroh in einer Ecke aus . Das Kind und ich nahmen die zwei Tierfelle in Beschlag, die in einer anderen Ecke auf dem Boden lagen. Wir legten sie in die Nähe des Feuers, um die Wärme auszunutzen, da die Nacht bestimmt noch mehr Kälte bringen würde.

Müde fielen wir in einen tiefen Schlummer, den wir dringend benötigten.

Bei Sonnenaufgang erwachte ich von einem kaffeeähnlichen Duft. Ich öffnete vorsichtig meine Augen, um mich nicht zu verraten. Unerwartet sah ich vor einer Feuerstelle eine Frau stehen. Mit einem Löffel rührte sie immer wieder in einem dampfenden Kessel, der auf dem Feuer stand. Sie wisperte leise irgendwelche Worte vor sich hin, die ich überhaupt nicht verstehen konnte. Ich wusste auch gar nicht, wie lange sie schon in diesem Haus war. Jedenfalls sah ich sie nicht hineinkommen. Sie schien friedlich zu sein, wollte uns wohl bemuttern. Ihre

Kleidung war sehr einfach, fast ohne jegliche Farbe. Nur Schwarz und vielleicht ein etwas helleres Grau. Als ob sie in Trauer sei. Ihr Gesicht wirkte aber freundlich, als würde sie sich auf jeden neuen Tag freuen und gut mit dem Alltag zurechtkommen.

Nach einer gewissen Zeit bemerkte sie, dass ich sie schon einige Zeit beobachtete.

Ohne mich anzuschauen murmelte sie „Ich weiß, dass du wach bist. Hoffentlich gefällt es euch bei mir. Ihr seid spät am Abend gekommen. Mein Zauber hat es mir erzählt. Immer wenn ich das Haus verlasse, bleibt ein Zauber zurück. Der passt auf mein Haus auf. Merkt aber auch, wenn er euch bewirten muss. Oder auch das Gegenteil.

Den Raben habe ich auf dem kleinen Hügel gefunden. Ihr habt ihn beerdigt. Seit der sich hier herumgetrieben hat, gibt es keine Vögel mehr. Hoffentlich kommen sie wieder zurück.

Ihr steckt ganz schön in Schwierigkeiten. Niemand tötet den Boten ungestraft. Denke ich. Das hat noch keiner gemacht.

Aber ich will euch keine Angst machen, sonst verliert ihr noch euer Ziel aus den Augen.

Hier seid ihr dort, wo alles anders ist. So heißt eigentlich auch unser Land. Alle, die auf der Durchreise sind, die sagen das. Also muss etwas dran sein. Ich habe selbst keinen Vergleich. War immer nur hier in meinem kleinen Haus.

Ich weiß auch gar nicht, ob ich meine Welt überhaupt verlassen kann. Habe noch keine Gelegenheit gehabt, um zu fragen. Wir leben hier nämlich alle weit voneinander entfernt. Das ist bei uns so. Irgendwo sollen wir auch einen König haben. Ich habe ihn aber noch nie gesehen.

Einmal im Monat kommt immer ein Bote vorbei. Der fragt immer, wie es uns geht. Nicht mehr, aber auch nicht weniger. Bezahlen müssen wir nichts. Er schaut nur, ob wir noch da sind. Ab und zu treffe ich mich mit meinen Nachbarn. Die sind aber weit voneinander entfernt. Sie haben alle ein eigenes Haus, so wie ich. Es sind Zauberhäuser, die man, ohne abzuschließen, alleine lassen kann. Sie reparieren sich von selbst. Sind im Winter immer warm und im Sommer angenehm kühl. Alles kostenlos. Nur leben und kochen muss man selbst. Bauen muss man sie auch nicht, da unser Königreich die Häuser stellt.

Du siehst also, es ist ganz interessant bei uns.

Nachts bin ich viel unterwegs, da die Zauberkräuter nur nachts zu sehen sind. Die brauche ich immer für meine Zauberei, aber auch für den König. Der König benötigt sie für die große Zauberei, die uns alle und natürlich auch unser Land beschützt. Manchmal kommen auch Herrscher aus anderen Königreichen, um unsere Macht zu kaufen.

Davon leben wir, und auch ganz gut. Ich glaube, wir sind ziemlich reich.

Übrigens ist es schön, dass ihr hier seid. Dann muss ich nicht immer für mich alleine kochen. Es ist schon alles fertig. Ihr werdet überrascht sein, wie lecker alles ist. Wenn ich das einmal etwas bescheiden sagen darf."

Mittlerweile waren auch die anderen wach. Alle hatten interessiert zugehört. Wir nahmen am Tisch Platz. Jeder auf seine Art und Weise.

Die Zauberin, so nannten wir sie, erzählte uns von ihrem Alltag. Berichtete auch davon, dass die Vögel schon seit einigen Wochen verschwunden waren. Bis auf den Raben. Der flog mehrmals täglich seine Runden. Sogar nachts. Dadurch hatte er sich auch verraten, weil Raben eigentlich nachts schlafen. So wussten sie, dass noch etwas auf sie zukommen würde.

Während sie so viel erzählte, schaute sie immer neugierig auf das Kind. Ich ließ mir aber nichts anmerken, sondern verhielt mich so normal wie möglich. Ob das nötig war, wusste ich gar nicht. Denn schließlich waren wir ja bei Zauberern, denen man ja eigentlich nichts vormachen kann. Aber manche sind so mit ihrer Macht beschäftigt, dass sie nicht mehr wissen, was um sie herum passiert.

Als wir mit dem Essen fertig waren, packte die Zauberin einen kleinen, bunten Rucksack zusammen. Als sie dann alles zusammen hatte, sagte sie zu uns: „Lasst uns gehen. Wir müssen zum König. Ich weiß nicht genau, wo er sich aufhält. Aber mit euren Schwierigkeiten kann nur er euch helfen. Mit ihm ist alles leichter. Ihr habt dadurch eine bessere Chance euer Ziel zu erreichen. Wir müssen zuerst einen Wächter finden. Die können uns sagen, wie es weitergeht. Wir gehen eigentlich nie zum König. Er kommt zu uns, indem er einmal im Monat einen Boten schickt. Weil der Bote diesen Monat schon hier war und ihr es eilig habt, müssen wir einen aufsuchen.

Es gibt die sogenannten schnellen Boten. Einen von denen müssen wir finden. Die sind zuständig für die Dinge, die schnell gelöst werden müssen, und keinen Aufschub erlauben. Ich weiß nur ungefähr, wo sich dieser Bote aufhalten könnte.

Dazu muss ich meine Grenzen überschreiten. Es sind die Grenzen des gesicherten Glücks. Das bedeutet, dass mir in dem mir zugeteilten Gebiet das Glück zugesichert wird. Wenn ich dieses Gebiet verlasse, kann es schwierig sein. Es gibt dann keine Garantien mehr für mich.

Aber das macht nichts. Nur sicher glücklich zu sein allein, ist langweilig, und ich möchte auch einmal etwas Abenteuer haben."

So packten wir schließlich unsere wenigen Habseligkeiten zusammen und warteten vor dem Haus auf die Zauberin.

Sie wirkte in all ihrem Tun immer etwas langsam. Ließ sich gefühlt ewig Zeit für die alltäglichen Dinge des Lebens. Schien sich dabei an uns nicht zu stören, ob wir vor der Tür schon ungeduldig auf sie warteten.

Aber eigentlich war es uns egal, denn eilig hatten wir es nicht. Es war eben ihre Art, durch den Tag zu gehen. Ihre Art des Lebens.

Irgendwann kam sie aus ihrem kleinen Hexenhaus heraus. Schloss dieses Mal seltsamerweise ab und legte den Schlüssel unter einen Holzklotz, der neben der Tür lag.

Auf ihrem Rücken trug sie einen grellbunten Rucksack mit den Dingen, die man für den Tag so braucht. Man sah ihr die Freude an, mit uns auf Entdeckung zu gehen. Dieses vom König garantierte Lebensglück hatte ihr anscheinend doch nicht gereicht.

Wir gingen, wieder geführt von unseren Gefühlen. Es war das Bauchgefühl, was uns führte, und gleichzeitig auch die Richtung bestimmte.

Endri ging meistens voran. Vielleicht lag es daran, dass er der größte von uns war. Er war das Führen gewohnt. Zurückhaltung war nicht seine Sache. Doch war er dabei lautlos wie eine Katze. Ja, er war der Größte, aber auch der Leiseste von allen.

Unsere Zauberin ging zum Schluss. Einerseits war sie froh, andererseits wirkte sie etwas verunsichert auf uns.

Nach sechs Stunden des Wanderns trafen wir auf einen Boten. Es war der, den die Zauberin schon kannte. Er war überrascht, uns zu sehen.

Wir erzählten ihm von unserem Vorhaben. Auch er kannte den genauen Weg zum König nicht.

Er erzählte uns: „Der König ist immer in der Nähe des großen Moores. Darin ist er verborgen. Es schützt ihn vor Gefahren. Ersetzt eine große Armee. Ich selbst war noch nie dort. Dafür bin ich noch nicht lange genug sein Diener. Ihn dort ohne Hilfe im Moor zu finden, ist nicht möglich. Eine genaue Richtung kann ich euch auch nicht angeben. Geht einfach drauflos und irgendwann bringt euch der Wind den Geruch von feuchter Erde. Diesem Geruch müsst ihr folgen.

Dann seid ihr auf jeden Fall in der Nähe. Dort müsste auch ein schneller Bote sein. Nur dieser kennt den Weg. Er entscheidet, ob es für euch weitergeht und auch wohin. Alleine dürft ihr niemals ins Moor. Das würdet ihr nicht überleben. Wenn die Graswege anfangen, dann verlasst sie nicht. Auf denen seid ihr sicher. Sie sind an ihrem hellen Grün zu erkennen. Seitlich flankiert sind sie von Sonnenblumen, die immer blühen und nie größer als das Gras sind.

Das alles hat mir der schnelle Bote einmal erzählt. Denn ich möchte nämlich auch einmal ein schneller Bote sein. Weil man als schneller Bote das ganze Reich bis zur äußeren Grenze sehen kann. Und nicht zu vergessen unseren König."

Schließlich verabschiedeten wir uns höflich voneinander und zogen weiter unseres Weges. Nach einer Weile merkten wir schon, dass der Boden dunkler wurde. Vorher schien er mehr aus Sand zu bestehen. Auch sahen wir öfters Stellen, wo das Wasser stand und überwiegend durch den Wind oder Lebewesen bewegt wurde. Jetzt kamen wir auch noch dazu. Wenn Endri solch eine Pfütze erwischte, war deren Wasser in der Umgebung verteilt oder gar nicht mehr vorhanden. Es schien ihm Spaß zu machen.

Unserem kleinen Kind auch. Es war sehr ruhig, hatte Freude daran uns zuzuhören, beobachtete aber gleichzeitig auch die Umgebung. So wie es Kinder immer schon gerne machen. Jedenfalls nahm es auch fast jede Pfütze mit. Wobei Endri und das Kind sich jedes Mal anschauten, um ihre Freude zu teilen oder vielleicht auch etwas besser zu sein als der andere.

Durch unser Spielen waren wir abgelenkt und vergaßen darüber, dass es immer dunkler wurde. Als wir es bemerkten, war es auch schon zu spät. Diese Dunkelheit war so stark, dass wir uns fast nicht mehr sehen konnten. Deshalb beschlossen wir, dort stehen zu bleiben, wo wir waren und nicht mehr weiter zu gehen. Auch wenn es ungemütlich wurde.

Ein kalter Wind erreichte unsere Körper. Deshalb beschlossen wir, uns aneinander zu legen, um uns gegenseitig zu wärmen. Das Kind kam dabei in die Mitte. Es war am empfindlichsten und wahrscheinlich auch am wertvollsten.

Der große König

Der große König holte mich aus der Nachtruhe heraus. Als ich wach wurde, waren die anderen schon nicht mehr bei mir. Er ließ sie weiterschlafen und holte mich unbemerkt zu sich.

Die Begegnung war wie ein Teil meines Traums. Als würde das Erlebnis mit ihm dazugehören. Ich empfand es nicht als Unterbrechung des Schlafs, sondern für mich ging es einfach nur angenehm weiter.

Er wollte mich zuerst nur sehen. Wollte meine Worte hören. Dabei beobachtete er mich ununterbrochen. Ging um mich herum. War zu jeder Zeit höflich. Aber er war distanziert. Legte Wert auf Höflichkeit.

Ich spürte seine Überlegenheit. Er war eben ein König. Das war seine Aufgabe. Wahrscheinlich kannte er auch nichts anderes. Lebte in seiner Rolle, die ihm gegeben wurde. Aber er spielte sie gut. Es passte ihm, und er fühlte sich wohl in seiner Rolle der Macht.

Unterstrichen wurde diese Macht durch den unermesslichen Prunk, der ihn umgab. Alles in seiner Umgebung bestand aus wertvollen Juwelen. Selbst sein Gewand schien aus ihnen gemacht zu sein.

Mich ließ er zuerst die ganze Zeit stehen. Ich spürte auch, dass er es so wollte. Um nicht unhöflich zu sein, hielt ich mich an das unausgesprochene Protokoll.

In seiner Umgebung befanden sich mehrere Wächter, die allerdings keine sichtbaren Waffen trugen. Sie beobachteten jede meiner Bewegungen, weil ich nicht von hier kam und sicherlich spürten sie, dass ich auch ein Krieger war. Krieger erkennen nämlich einander. Es liegt an der Art und Weise, wie ein erfahrender Krieger in den Raum schaut. Er sichert sich immer ab. Ist auf der Suche nach der möglichen Gefahr, aber auch nach dem Weg des Rückzugs.

Nach gefühlter, scheinbar atemlos vergangener Zeit gab der König mir das Zeichen, mich zu setzen.

Er verwies wortlos auf eine kleine gemütliche Sitzecke, die mit hellem Samt überzogen war.

Ich setzte mich zuerst, kurz danach nahm er mir gegenüber Platz. Jetzt wirkte er sogar etwas lockerer, schien mit mir zurechtzukommen. Vielleicht lag es ja auch an den Antworten, die ich ihm zuvor gegeben hatte, die ihn in irgendeiner Art und Weise beruhigt haben mussten.

Auf dem Tisch standen zwei Tassen mit Untertellern. Gerade wollte ich fragen, ob ich etwas zum Trinken haben könnte, da kam schon einer seiner Diener nahezu lautlos zu unserem Tisch und schenkte ein heißes Getränk ein. Zuerst wurde bei mir eingeschenkt, und danach bekam der König von dem Getränk. Das verwunderte mich etwas. Anscheinend wurde Gastfreundlichkeit höher bewertet als die Stellung des Königs.

Zuerst sprach er von den normalen Dingen des Lebens. Vom morgendlichen Aufstehen, von den Dingen seines Alltags, von den Stunden, die er mochte, und was für ihn nicht so wichtig war. Von seinem Reich berichtete er nicht viel. Jedes Wort, welches er sprach, war wohl bedacht.

Plötzlich sagte er in einer etwas ernsten Tonlage: „Ich weiß, du hast ihn nicht getötet. Weshalb eigentlich nicht? Nein, das wäre dumm von mir gewesen, dich so einzuschätzen. Deshalb weiß ich auch, dass du schon gekämpft hast. Dir ist bewusst, dass irgendwann alle mit dem Sprechen anfangen. Man muss nur Geduld haben. Deshalb hattest du ihn auch in den Rucksack gesteckt und geduldig getragen.

Das ganze Reich war diesbezüglich in Aufruhr. Die Bäume haben uns alles berichtet. Alle waren gespannt, was passieren würde. Nun ist der Rabe zwar tot, aber es gibt noch andere. Der Adler wird nicht aufgeben, um euch zu überlisten.

Was mich verwundert ist die Tatsache, dass er euch bisher nur beobachtet und euch noch nicht angegriffen hat. Das ist anders. Also gehe ich davon aus, dass er vor euch Angst haben muss. Nicht vor jedem Einzelnen, sondern es ist die Gruppe, die er fürchtet. Ihre Kraft muss ihm schaden können.

Oder ist es vielleicht Endri oder das Kind?

Ich bin mir nicht sicher.

Seid froh, dass Endri bei euch ist. Er ist ein berühmter Hirsch. Wir haben alle schon vom ihm gehört. Viele verrückte Geschichten gibt es schon über ihn. Ist eigensinnig, manchmal etwas unbequem. Ist ein Meister der Wahrnehmung. Spürt Dinge außerhalb unseres Bereiches. Seine Welt wurde leider immer kleiner. Das Zuckerwattenland breitete sich immer mehr aus. Deshalb ist es auch gut, dass er bei euch ist. Er benötigt eben auch ein neues Land. Und ein neues Land bedeutet immer auch ein neues Leben. Das hängt miteinander zusammen.

Das Kind, welches bei euch ist, ist übrigens auch sehr wertvoll. Wertvoller als du denkst. Alles hängt von euch ab.

Ja, manchmal ist das so im Leben. Man schaut sich um und ist mittendrin, hat plötzlich eine ganz große Verantwortung.

Dieses Kind darf nicht dauerhaft irgendwo aufgenommen werden. Es ist vorbestimmt für sein eigenes Reich. Sonst wäre es ja leicht. Jeder würde es bestimmt gerne nehmen.

So bleibt euch nur der Weg über das Tal der Lichter. Dort bekommt ihr alles was ihr braucht."

Nachdem wir beide ausgetrunken hatten, zeigte mir der König das große Schloss, in dem jeder Raum besonders schön war und eine andere Seele hatte. Sein Reichtum musste wirklich unermesslich sein. Diese Gedanken musste er mir angesehen haben. So berichtete er darüber, dass dieser Reichtum nicht ihm gehören würde, sondern seinem Volk. Er dürfe es nur benutzen, mehr nicht. Allerdings bis zu seinem Tod. Denn König sei man immer sein ganzes Leben lang.

Ich war zugegeben etwas beschämt darüber, dass einer meine Gedanken lesen konnte. Es verunsicherte mich etwas. Aber ich musste ihn so nehmen, wie er war. Außerdem war die Zeit bei ihm nicht die schlechteste. Schließlich war er ja ein König. Und wie wir alle wissen, treffen wir Könige nicht jeden Tag.

Nach einer kleinen abgelaufenen Ewigkeit blieben wir vor einem Raum stehen, dessen Tür im Gegensatz zu den anderen verschlossen war.

Leise öffnete der König die Tür und signalisierte mir durch seinen Zeigefinger, leise zu sein.

Als ich in den leicht abgedunkelten Raum sah, lagen dort friedlich schlafend Endri und das Kind. Sie lagen noch in der gleichen Position, wie ich sie zuvor verlassen hatte. Hatten nichts davon gemerkt, woanders zu sein. Obwohl jetzt beide in einem großen Bett schliefen.

Der König schloss leise die Tür. Ging mit mir in einen großen prunkvollen Saal, der alles, was ich jemals zuvor gesehen hatte, übertraf. Alles glitzerte grünlich nach Opalen, die Decken schienen unendlich hoch, doch wirkte es nicht kalt. Am Ende des Raumes stand ein goldener Schrank. Der König öffnete ihn und holte eine Art Schachtel heraus. Diese öffnete er. Langsam nahm er etwas heraus, das in ein Tuch eingewickelt war. Er legte es auf einen Tisch, wickelte es äußerst vorsichtig aus. Zum Vorschein kam eine kleine Krone. Ihre Schönheit kann ich schwer beschreiben. Man muss sie erleben.

Der König zeigte mir diese Krone nur kurz, wickelte sie vorsichtig wieder ein und verstaute sie behutsam in meinem Rucksack, der unerwartet wieder aufgetaucht war.

Dann sprach er mit leiser Stimme: „Das ist die Krone für den neuen König, den du mit dir führst. Da staunst du. Es ist ein König, mit dem du auf der Suche bist. Wenn ihr das neue Land erreicht habt, dann musst du ihm die Krone geben. Sein Name ist: Eliano. So heißt er. Es hat etwas mit mächtig sein zu tun. Das ist aber noch ein Geheimnis.

Aber vergiss nicht: Erst mit dem neuen Land ist es erlaubt!

Mit seinem Namen ist es genauso.

Sobald ihr das Land erreicht habt, übergebt ihr ihm dieses Geschenk und sprecht ihn mit seinem wirklichen Namen an.

Es ist die Krone seines Vaters. Wenn der Herrscher stirbt und dazu noch das Land zerbricht, fliegt die Krone in mein Land. Bei mir wird sie so lange aufbewahrt, bis ein neuer würdiger Herrscher kommt. Dabei muss es nicht unbedingt ein Kind des alten Herrschers sein, sondern es geht um Weisheit und eine besondere Gabe. In diesem Fall liegt beides vor. Das gibt es nicht oft.

Das untergegangene Reich war sehr wichtig für das Gleichgewicht des Friedens. Seitdem droht das Böse uns einzunehmen. Angefangen hat es mit dem süßen Zuckerwattenland. Zuerst waren sie alle begeistert, aber in Wirklichkeit war es die Macht des Bösen.

Endri ist der einzige Hirsch, der in seinem Land überlebt hat. Das weiß er allerdings nicht. Manchmal ist das besser so.

Der schwarze Adler möchte nur ein großes Reich. Indem er über die anderen Länder Unheil bringt, wird er immer mächtiger. Jedes Mal macht er es mit anderen Mitteln. Das ist die große Gefahr für das Leben in den einzelnen Königreichen. Nicht alle haben diese Gefahr erkannt. Deshalb brauchen wir dieses Kind bzw. diesen neuen König. Auf ihn werden sie hören. Mit ihm hören wir auf, nur an uns zu denken. Er hat die Gabe der grenzenlosen Verständigung.

Zerstört wurde das alte Reich durch eine unbeschreibliche Wucht. Wir wissen nicht alles. Jedenfalls gab es keine uns bekannten Vorzeichen. Bis jetzt ist also völlig unklar, wie das passieren konnte. Und alles ging sehr schnell. Vielleicht bekommen wir das ja noch heraus. Das sollte euch aber nicht verunsichern.

So, jetzt kennst du einige Hintergründe mehr. Lass uns die anderen wecken. Die werden bestimmt hungrig und durstig sein. Und außerdem möchte ich dir sagen, nimm die Zauberin mit. Sie darf das Reich verlassen. Ich erlaube es ihr. Je mehr ihr seid, desto besser."

Als wir den Raum wieder betraten, schauten mich die Zauberin, Endri und das Kind mit erstaunten Augen an. Sie waren froh, mich wiederzusehen. Der König begrüßte sie, lud uns alle zum Essen ein.

In einem kleinen gemütlichen Saal wurde jeder nach seinem Geschmack versorgt. Der König saß in unserer Nähe und hörte uns gespannt zu. Dabei starrte dieser immer wieder das Kind an, als wäre es sein eigenes. Ich denke, er war froh, es wiedergefunden zu haben. Mit der Möglichkeit der neuen Hoffnung auf eine neue Zeit.

Nachdem wir alle fertig mit dem Essen waren, stand der König auf und gab uns mit der Hand ein Zeichen, ihm zu folgen. Wir packten unsere wenigen Habseligkeiten zusammen, um ihm anschließend zu folgen. Schließlich kamen wir in einen Raum, in dem Bäume wuchsen, obwohl er überdacht war und dieses Dach nur wenig Licht durchschimmern ließ.

Er schaute uns besorgt und zugleich auch hoffnungsvoll an. Nach einigen Minuten des Schweigens sprach er: „Geht einfach weiter diese große Allee entlang. Die Bäume sind älter als wir über sie Geschichten erzählen können. Irgendwann ist diese Allee zu Ende. Dann endet mein Reich. Es beginnt wieder etwas Neues für euch. Ich wünsche alles Gute und seid auf der Hut. Denkt auch immer an die Möglichkeit des Bösen."

Er verabschiedete sich von uns und winkte so lange mit seiner königlichen Hand, bis wir ihn nicht mehr sahen.

Die Zauberin freute sich, dazuzugehören. Das konnte man ihr wirklich ansehen. Teilweise schien sie noch etwas verunsichert, denn bisher hatte sie ja nie ihre Heimat verlassen. Aber wir passten auch gut zueinander. Es gab keinen Streit, keine kritischen, verstimmenden Worte.

Mittlerweile hatten wir die Allee verlassen und bewegten uns in einer Sandwüste. Es war sehr anstrengend für uns. Die Sonne schien gnadenlos heiß auf uns herab. Nirgendwo gab es auch nur eine Spur von Schatten.

Leider hatten wir auch nur wenig Wasser dabei. Auf eine Wüstendurchquerung waren wir nicht vorbereitet. Aber für uns gab es kein Zurück mehr. Wir konnten nur noch hoffen, dass es doch irgendwie weiterging.

Die Hitze dämpfte unsere Sehfähigkeiten und die Konzentration. Wir sahen teilweise Dinge, die nicht da waren. Dachten, wir seien ganz woanders als in einer Wüste oder wollten uns warme Kleidung anziehen, obwohl die Hitze uns eigentlich zu ersticken drohte.

So blieb uns zunächst verborgen, dass wir Endri verloren hatten. Ihn, den großen Hirschen, der uns doch eigentlich immer geführt hatte, ohne es jemals gesagt zu haben. Das lag an seiner Bescheidenheit. Er hatte einfach immer den Wunsch, kleiner zu sein als er es jetzt war. So lautete sein heimlicher, persönlicher Wunsch. Der Wunsch nach ein bisschen anders sein, so wie jeder von uns ihn oft in sich trägt.

Irgendwann bemerkten wir doch seine Abwesenheit. Unser Herz raste bei dem Gedanken, ihn nicht mehr bei uns zu haben. Wir rannten zurück, da wir ihn nicht mehr sehen konnten. Rannten wie um unser eigenes Leben.

Nach einigen Hundert Metern sahen wir ihn. Er war fast vollkommen vom Sand verschlungen. Nur noch sein Kopf schaute heraus. In seinen Augen zeigte sich das Entsetzen des Todes.

Weshalb hatte er uns nicht gerufen?

Wir liefen mit unserer ganzen Kraft schnell zu ihm hin und versuchten, ihn irgendwie zu greifen. Aber alles, was wir an ihm anfassten war so glitschig, dass unsere Halteversuche ins Leere liefen. Es war zum Verzweifeln.

Doch Endri blieb ruhig, er hatte sich noch nicht aufgegeben.

Leider sank er immer tiefer. Schließlich war nur noch das Geweih zu sehen. Als nur noch die Spitzen sichtbar waren, sprang das Kind unerwartet auf und klammerte sich mit all seiner Kraft an das Geweih.

So versanken beide in dieser unendlichen tiefe des Sandes. Aber nur die beiden. Das war seltsam. Uns wollte der tiefe Sand anscheinend nicht aufnehmen.

Dabei wurden wir hilflos zurückgelassen. Auf einmal schien alles für uns vorbei. Denn was sollten wir ohne dieses Kind machen.

Schien dadurch nicht alles verloren?

Wo sollte ich hin?

Sollten wir zurück zum großen König?

Wie gelähmt setzen wir uns auf den sandigen Boden, um zu überlegen. Außerdem hatten wir auch Angst weiterzugehen. Schließlich wussten wir nicht, ob auch wir bald im Sand versinken würden.

So gingen Tausende unbeantworteter Fragen durch unsere Köpfe. Es waren die Gefühle der unendlichen Verluste.

Nach einer ganzen Weile, als unsere Gedanken zu müde waren, um uns zu fesseln, standen wir gleichzeitig auf. Irgendetwas sagte uns, wir müssen weitergehen. Aus dem Bauch und der Sehnsucht heraus.

Das machten wir, obwohl wir eigentlich fast nichts mehr sahen. Denn mittlerweile war ein Sandsturm aufgezogen, der uns mit all seiner Kraft entgegenschlug. Als hätte sich alles gegen uns verschworen.

Die eingeschlagene Richtung war uns in dieser Situation egal. Es sollte nur woanders sein als dieser Ort der Gefahr.

Wir hatten ja nichts zu verlieren. Wenn wir geblieben wären, wären wir verdurstet. Die Wüste hätte uns begraben.

Das wollten wir nicht. Wir wollten doch leben.

Also ging es weiter. Wegen des starken Sandsturms wickelten wir uns Tücher vor unsere Gesichter, um wenigstens etwas sehen zu können, durch sie kam weniger Sand in die Augen. Außerdem hätten wir ohne diese Tücher nicht mehr atmen können.

So liefen wir im Grenzbereich des Lebens.

Um von der Not abzulenken, machte ich mir Gedanken darüber, weshalb dieses Kind freiwillig im Sand versunken war. Wir stellten uns immer wieder die Frage: Weshalb hatte Endri vorher nicht um Hilfe gerufen?

Irgendwann hörten wir mit allen Gedanken auf. Der Lebenshauch drohte uns zu entweichen.

Wir setzten uns einfach hin, klammerten uns aneinander, um wenigstens das Gefühl zu haben, nicht alleine sterben zu müssen.

Bis irgendwann diese unendliche Stille kam. Wir waren voller Glück und Zufriedenheit. Als würde jetzt das Paradies auf uns warten. Alles war plötzlich egal. Ob Sturm, das Gefühl der Atemlosigkeit oder die Nähe des Todes.

Es war wie ein angenehmer Rausch, der uns gefühlt zeitlos begleitete.

Geweckt wurden wir durch eine uns bekannte Stimme. Wir öffneten unsere völlig mit Sand verklebten Augen und sahen zu unseren Verwunderung Endri vor uns stehen. Das Kind saß zufrieden auf seinem breiten Rücken. Sie sahen nicht so mitgenommen aus wie wir. Waren unverändert.

Endri brachte uns in eine nahe gelegene Oase, in der alles im Überfluss vorhanden war. Unser Lager richteten wir direkt neben einer kleinen Quelle ein.

Nach der langen Zeit des Durstes war das Geräusch von fließendem Wasser sehr angenehm.

Wir fühlten uns wieder wohl, konnten die Seele etwas baumeln lassen.

Als wir alle wieder bereit waren, völlig ungezwungen miteinander zu reden, erzählte Endri, was sie erlebt hatten.

„Ich glaubte mich schon verloren, da ich nicht mehr atmen konnte. Spürte jedoch unerwartet das Kind. Auf einmal war um meinen Kopf immer ein Raum mit Luft, der auch durch ein leicht bläuliches Licht erleuchtet war. Das Kind sprach ständig mit mir. Sprach von Ruhe bewahren; davon, dass es weitergeht.

Auch konnte ich mich bewegen. Nur nicht nach oben. Also ging ich genau den Weg, den das Kind mir ins Ohr flüsterte. Was blieb mir auch anderes übrig?

So lief ich schließlich eine gefühlte Ewigkeit innerhalb des Sandes.

Es war auch nicht schwer, darin zu laufen, sondern federleicht.

Irgendwann bemerkte ich, dass wir aufstiegen. Bis ich schließlich wieder dort war, wo ich herkam. In der Welt der Sonne und des Lichts.

Darüber war ich auch unendlich froh. Wir hatten aber kaum Zeit, uns um uns selbst zu kümmern. Das Kind sprach von eurer großen Not. Sofort machten wir uns auf die Suche nach euch. Und jetzt sind wir also hier. Müssen überlegen oder warten, wie es gemeinsam weitergeht.“

Die Baumzauberin

Eine Oase des Glücks zu verlassen, ist nicht so leicht. Einerseits hat man ein Ziel, möchte etwas erreichen; andererseits will man das vorhandene Glück ungern hergeben.

So etwa fühlten wir uns in der Oase. Aber dieses Mal war es die Zauberin, die uns drängte, weiterzumachen. Sie stand irgendwann unerwartet auf, umarmte einen Baum und flüsterte: „Ich, ich bin die Baumzauberin. Das heißt, mein Zauber funktioniert nur bei allen Dingen, die mit Bäumen zu tun haben. Auch mit den Wurzeln kann ich sprechen. Kann sogar einen ganzen Baum woanders hinbringen. Er kann mich aber auch zu einem anderen Ort zaubern oder verzaubern.

Manchmal antworten sie auch auf Fragen, die ich ihnen stelle. Sagen mir oft, wo es nützliche Dinge gibt, um weiterzukommen. Können

auch Stimmungen und Gefahren beschreiben. Reagieren auf jede kleine Veränderung in ihrer Umgebung. Auch wenn man es ihnen nicht ansieht.

Bäume sind nur träge im Bereich ihres Stammes, aber alles, was den Stamm verlässt, ist so sensibel wie der Wassertropfen. Er reagiert auf alles, was lebt und in Bewegung ist.

Sie können sehr groß sein, aber auch so klein und unübersichtlich wie die Unendlichkeit der kleinen Dinge. Dabei hört das Kleine so wie das Große niemals auf. Beide sind unendlich. Immer, wenn man denkt, dass es nicht mehr kleiner oder größer geht, dann ist es doch wieder anders. Also doch wieder noch kleiner und größer. Das ist überall so.

Wohin ihr auch geht. Deshalb geht es auch immer weiter mit dem Leben.

So müsst ihr wieder auf die Suche gehen nach dem neuen Leben. Denn eigentlich liegt das neue Leben immer für euch bereit. Ihr müsst es nur neu finden und öffnen.

Danach kommt übrigens das Land. Ein neues Leben verändert das Land oder schafft sogar ein Neues. Die beiden hängen immer voneinander ab. Allein geht es nicht. Die Beziehung zueinander macht es so einzigartig.

Keiner existiert ohne den anderen. Das findet alles unbewusst statt, weil es selbstverständlich ist. Bedeutend wird es nur, wenn man eines von den beiden verliert. Das ist immer eine Katastrophe. Weil dadurch scheinbar der Weg verloren geht.

Der Weg des Lebens, das Lachen des Tages und die Freude auf das, was danach kommt."

Für einen Moment waren ihre Lippen verschlossen. Ihr Aussehen veränderte sich insoweit, dass sie jetzt wirklich wie eine Zauberin aussah. Sie zeigte plötzlich ein Leuchten, eine Leichtigkeit in ihren Bewegungen, die vorher nicht an ihr zu sehen war. Hinzu kam jetzt ihre unbeschreibliche Schönheit, die uns unweigerlich in ihren Bann zog.

Es war ihr glänzend leuchtendes Haar, welches vorher eher strohig erschien. Aber auch ihre Augen waren anders. Sie erinnerten mich an das tiefe Blau des Meeres. Sie sahen so frisch und neu erschaffen aus.

Alles an ihr war zauberhaft. Verschwunden war jeglicher Ausdruck von Traurigkeit, die sich bei jedem von uns manchmal mehr oder weniger im Gesicht widerspiegeln.

Ihre Bewegungen hatten etwas mit Hoffnung zu tun. Die Hoffnung darauf, noch mehr von ihr zu sehen.

Einen Moment lang hielt sie inne, glitt mit ihren gefalteten Händen völlig unbeschwert in den Baum hinein und spaltete ihn. Aus seinem Inneren kamen sodann ungezählte Blätter, die den Raum über uns füllten. Sie bildeten ein Dach über unseren Köpfe.

Und wie jeder weiß, haben Dächer immer etwas mit Schutz zu tun. Dieses Gefühl hatten wir. Das Gefühl der Geborgenheit, des Friedens. Vielleicht auch die Überzeugung zu haben, irgendwie zu Hause zu sein.

Als sie die Arme vollständig ausgebreitet hatte, sahen wir einen ruhig fließenden Fluss in einer blühenden Landschaft. Der Baum war das Tor. Und das alles nicht weit weg von uns.

Um uns herum die scheinbar unendliche Wüste mit einer kleinen Oase, schließlich – nur ein paar Meter weiter – ein großer Fluss, eingebettet in einem fruchtbaren Land.

Am Ufer konnten wir ein farbiges Boot erkennen. Es war schwer zu beschreiben. Da ich so etwas zuvor nicht gesehen hatte. Jedenfalls schwamm es und schien darauf zu warten, uns weiterzubringen.

Jetzt erinnerte ich mich noch an den alten Mann in dem verfallenen Haus, der auch zu mir sagte: ‚Mit dem Wasser zu gehen ist nie falsch. Wasser fließt immer dorthin, wo es weitergeht. Es sucht sich immer einen Weg. Dem Wasser darfst du immer vertrauen. Aber vertraue nie ganz deinen Führern.‘

Damals habe ich diesem Satz keine große Bedeutung gegeben, aber nun hatte ich ihn verstanden. Das Wasser war unser neuer Weg.

Wir gingen alle durch den Baum in dieses andere Land hinein. Die Zauberin folgte uns als Letzte und verschloss den Baum hinter uns.

Voran ging, wie gewohnt, Endri. Obwohl er natürlich wusste, dass er dadurch immer der größten Gefahr ausgesetzt war. Aber Endri freute sich auf den Weg an der Spitze. So war er eben. Ein stolzes Tier.

Nach einigen Minuten erreichten wir das Ufer. Vor uns lag nun dieses seltsame Boot. Jetzt wirkte es wesentlich größer, als aus der Entfernung. Es schien aus einem großen Stück gefertigt worden zu sein. Man sah keine sich überlappenden Planken. Als wäre es gegossen worden. Jetzt, aus der Nähe, sah es nicht mehr bunt, sondern hellblau glitzernd aus. Wahrscheinlich wirkte es aus der Entfernung durch die verschiedenen Lichtreflexionen anders.

Ein Steg, der aus einfachem Holz bestand, führte auf das Schiff. Die Zauberin schob sich schweigend nach vorn und ging über den Steg. Als sie auf der Mitte war, schaute sie sich um und gab uns durch Augenzwinkern zu verstehen, ihr zu folgen.

Doch jetzt war Endri der Letzte. Man merkte sofort, dass der leicht schwankende Steg nicht seine Welt war. Auch er hatte eben seine Grenzen.

Als wir alle an Bord waren, stieß die Zauberin den Steg zurück ans Ufer, und langsam entfernte sich das Boot vom Ufer weg. Dann lief sie zum Steuerrad und führte das Boot in die Mitte des Stroms. Gleichzeitig öffnete sie eine Holzklappe und zeigte mir die leere Ausbuchtung, in der eigentlich ein Kompass sein sollte.

Sie schaute mich an und sagte: „Hole den Kompass, den du aus dem Meer geholt hast. Er zeigt uns den richtigen Weg ins Tal der Lichter. Halte den Kurs genau in die Richtung des Wassersymbols. Dorthin müssen wir.

Schau nicht so überrascht. Ja, ich weiß von dem Kompass. Es ist der Kompass, der alle Leben weitermachen lässt. Er führt dich ins neue Land. Vielleicht nicht den ganzen Weg entlang, aber immer dort, wo du an deine Grenzen stößt oder verloren scheinst.

Wenn er unterwegs ist, dann wissen das alle Zauberer. So wissen wir, dass es wieder Veränderungen geben wird.

Deshalb sind alle Lebewesen unglaublich gespannt, was alles passieren wird. Aber andererseits hat er euch auch verraten. Auch der schwarze Adler ist ein Zauberer. So weiß auch er Bescheid. Deshalb ist er so hinter euch her. Er sucht das Kind, aber auch den Kompass.

So lange der Kompass im Meer des Lebens ist, ist dieser geschützt. Das Lebensmeer schützt ihn. Doch jetzt benötigt er Schutz. Deshalb hast du ihn als erfahrener Krieger mitbekommen. Dir traut man es zu. Ohne den Kompass gehen wir alle ein Risiko ein. Das Risiko, das Gleichgewicht unserer Reiche zu verlieren.

Es liegt also eine nicht unerhebliche Last auf deinen Schultern. Aber deshalb solltest du nicht besorgt sein. Gehe durch den Tag, so wie du es gelernt hast, und wie du meinst, es tun zu müssen. Das ist das Rezept des Überlebens.

Natürlich muss man noch sagen, dass du ja mittlerweile nicht mehr alleine bist. Du hast einige Freunde gewonnen. Sie begleiten dich, andere denken an dich. Das ist viel wert und eigentlich schon ein halbes Leben."

Ich nahm meinen Rucksack, holte den Kompass heraus und setzte ihn in die vorgesehene Ausbuchtung. Daraufhin drehte ich das Steuerrad so weit, bis die Nadel auf das Symbol zeigte. Das Boot fuhr mit mäßiger Geschwindigkeit mitten auf den Strom.

Die Zauberin stand neben mir und sprach vor sich hin: „Fahre immer nach Kompass. Nicht nach dem, was du siehst. Falls du einen Felsen siehst und die Nadel steht richtig, dann fahre nach der Nadel. Auch wenn du Angst bekommst. Die Nadel zeigt den Weg und nicht das Auge. Das ist anders.

Du musst einen Teil von dir selbst aufgeben für etwas, was du nicht kennst und nicht verstehst. Musst Vertrauen haben."

So fuhr ich nach Vertrauen weiter den Fluss entlang.

Nach einer unbestimmten Zeit – mittlerweile waren meine Hände schon fast taub von dem ungewohnten Halten des Steuerrads – war aus der Tiefe des Schiffsrumpfes ein lautes und kräftiges Singen zu vernehmen.

Obwohl wir eigentlich verängstigt über diese unbekannte Stimme sein sollten, ging die Zauberin ruhig in die Richtung, woher dieser Gesang kam. Schließlich fand sie eine Tür und verschwand im Schiffskörper. Durch die geöffnete Tür war der Gesang nun deutlicher zu hören. Es war eine angenehme Stimme, die uns durch ihren warmen Klang jegliche Angst nahm und anziehend auf uns wirkte.

Die anderen warteten gespannt vor der geöffneten Tür, während ich weiterfahren musste. Doch war ein Teil meines Blickes immer auch auf die anderen gerichtet. Schließlich war ich ja auch neugierig, was jetzt wieder auf uns zukommen würde.

Mittlerweile war die unbekannte Stimme verstummt. Kurz danach erschien die Zauberin wieder an Deck.

Sie sagte zu uns: „Alles ist in Ordnung. Es ist nur der Smutje, der uns gerade etwas zubereitet.

Schaut nicht so.

Ich bin auch ganz verwundert über ihn. Er ist neu, noch nicht so lange hier. Hier ist sein neues Zuhause. Hat es sich so ausgesucht. Wollte nicht mehr unterwegs sein. Wartet immer auf die, die weiterziehen. Weiter in ein neues Land. Ihnen hilft er mit seinen guten Kochkünsten.

Er ist sehr kräftig, hat permanent etwas zum Essen in seinem Mund, wenn er kocht. War früher wohl einmal ein bekannter Ringer und über vielen Grenzen hinweg weit bekannt. Das ist aber schon lange vorbei in seinem Leben.

Vor einiger Zeit kam er hier auf dieses Schiff und hatte gleich Feuer gefangen. Es ist das Wasser, welches ihm gefiel. Das liebte er schon als Kind. So blieb er hier. Früher waren es die großen Meere, die ihn begleiteten. Jetzt hat er den Fluss gefunden und festgestellt, dass er diesen vielleicht schon lange gesucht hat. Den Fluss der Wurzeln, die uns überall hinführen. Weiter als jemals ein einziges großes Meer uns führen kann. Da die Wurzeln die größere Unendlichkeit bedeuten. Sie sind ruhiger und dennoch größer in ihren Wegen. Aber dennoch voller Kraft."

Kaum hatte die Zauberin aufgehört zu sprechen, tauchte dieser große Mann auf. Er sah wirklich wie ein Bär aus. Wirkte einerseits unbeweglich, andererseits strotzte er vor Kraft. Er trug einen Dreitagebart, der aus unterschiedlich langen Haaren bestand. Sah dadurch aus wie ein verwegener Räuber. In seinen Händen, die eigentlich wie große Teller aussahen, hielt er ein mit Essen vollgepacktes Tablett. Auf dem Deckboden suchte er einen Platz aus und stellte es dort ab, dann machte er sich sofort daran, den Picknickplatz vorzubereiten.

Alle traten zu ihm und halfen ihm wortlos bei der Vorbereitung. Nur ich blieb am Steuer, da ein Steuermann niemals sein Schiff sich selbst überlassen darf.

Als die Vorbereitungen abgeschlossen waren, brachte der „Catcher", so nannte ich ihn, mir etwas zu essen und zu trinken. Ich nickte ihm daraufhin dankbar zu. Er ging wortlos zurück und setzte sich zu den anderen auf dem Holzdeck. Die hatten mittlerweile schon mit dem Essen angefangen, da alle unglaublich hungrig waren.

Der „Catcher" schaute ihnen zufrieden zu. Dass es uns schmeckte, konnte man ohne große Worte zu machen, sehen. Darüber freute er sich sichtlich und reichte alles nach, wenn einem etwas fehlte.

Irgendwann brach er schließlich das Schweigen und murmelte in seinem wilden Bart etwas undeutlich vor sich hin: „Es war schon lange keiner mehr hier. Immer weniger Lebewesen finden den Weg zu uns ins Wurzelland. Etwas hat sich verändert. Es kommt ganz schleichend und fein. Fast nicht zu spüren. Man hat auch das Gefühl der Hilflosigkeit. Aber vielleicht vergeht das wieder. Das hoffen wir ja alle. Ich bin nämlich sehr gerne auf diesem Fluss. Bin hier angekommen. Hoffe, dass ich bis zum Ende meiner Zeit bleiben darf. Ihr könnt so lange hier sein, wie ihr es wünscht. Danach seht ihr aber nicht aus. Das Weiterziehen steht euch in den Augen geschrieben."

Wir sahen uns alle wortlos an. Es blieb jedoch still. Keiner wollte ein Wort zu viel sagen, obwohl uns die Worte schon auf den Lippen lagen. Das Risiko war einfach zu groß für uns. Obwohl er uns wirklich sympathisch war. Da war einfach seine angenehme Art, und wir freuten uns auch für ihn, dass er im Grunde so zufrieden war. Wir sprachen bis spät in die Nacht hinein über verschiedene Erlebnisse. Doch am meisten redete er. Es machte Freude, ihm zuzuhören. Seine Worte wirkten wie ein Magnet.

In der Zwischenzeit übernahm er auch kurz das Ruder und steuerte das Boot sicher in eine kleine Bucht. Auch währenddessen hörte er nicht mit dem Erzählen auf. Irgendwann setzte uns die brennende Kerze, die mitten auf dem Deck stand, ein Zeichen zum Aufhören. Sie flackerte noch eine gewisse Zeit, um schließlich mit dem Leuchten aufzuhören. Da wir sowieso schon auf weichen Pflanzenkissen lagen, schliefen wir schließlich alle schnell ein. Wahrscheinlich hat der „Catcher" noch eine Zeit weiter vor sich hingesprochen, bis er sich irgendwann auch schlafen legte.

Das Tor der Tore

Am nächsten Morgen ging es weiter. Mit der Zeit wurde es auch turbulenter. Immer mehr Lebewesen tauchten auf. Wir legten an irgendwelchen Ufern an, nahmen Gäste auf, setzen sie irgendwo ab. Obwohl ich genau nach Kompass fuhr. Es waren eigentlich keine festen Routen vorhanden. Dennoch warteten sie auf uns und wollten irgendwo hingebracht werden. Das war schon etwas verrückt. Aber ich hatte es nicht weiter hinterfragt, um nicht noch mehr Fragen aufkommen zu lassen. Ich musste es so akzeptieren, wie es war. Eben anders.

Wir sprachen mit ihnen, sie sprachen mit uns. Manche schauten auch nur, setzten sich irgendwo hin und ordneten ihr Gepäck. Alle hatten ein Ziel. Das konnte man beobachten. Der „Catcher" versorgte alle mit Speisen und Getränken. Alles schien kostenlos zu sein. Alle waren überaus dankbar.

Die Wurzeln schienen die kleinen wichtigen Verbindungen zu den einzelnen Ländern zu sein. Immer wenn wir irgendwo anlegten, konnte man im Hintergrund ein Tor sehen. Alle unsere Mitfahrer verließen ein solches Tor oder gingen hinein. Das war überall so. Egal, wo wir hielten. Auch liefen sie zuvor durch eine große Baumallee, deren Bäume jeweils eine bestimmte Farbe hatten. Dadurch wussten sie wahrscheinlich, dass sie richtig waren. Jede Allee war anders. Manchmal war es auch so, dass sie zunächst wohl das Boot verlassen wollten, auf dem Steg jedoch unerwartet umdrehten und sich wieder einen Platz auf dem Boot suchten. Dazu sagten sie aber nichts. Das war einfach so. Schien völlig normal zu sein.

Umgekehrt war es oft genauso. Wir hielten an. Sie kamen zu uns an Bord, und plötzlich gingen sie wieder zurück. Die Lebewesen entschieden es selbst. Keiner sagte etwas, keiner veränderte seine Blicke, um Unzufriedenheit zu zeigen. Zeit schien hier zeitlos zu sein. Es gab gar keine Uhren. Die Beobachtung der Zeit prägte nicht den Tag, nicht das Leben. Es sich plötzlich anders überlegt zu haben, einen anderen Weg zu gehen, gehörte dazu. Das war eine neue Erfahrung für uns, die wir nun hier waren. All das beruhigte uns etwas. Schließlich waren wir ja noch auf der Suche. Und alle, die um uns herum waren, schienen ebenso auf der Suche zu sein. Ich wusste nicht, ob sie alle nach demselben Ausschau hielten oder einfach nur nach den neuen Dingen des Tages.

Für uns war schwer abzuschätzen, wie weit der Weg war, den wir schon zurückgelegt hatten, da wir nicht weit zurückschauen konnten. Das Gefühl für Raum und Zeit war nicht vorhanden. Wir spielten mit, nahmen an etwas teil. Wir gehörten dazu, dann auch wieder nicht. Wir wollten irgendwo hin oder blieben einfach sitzen.

Irgendwann bemerkte ich eine Veränderung der Strömung. Wir fuhren schneller. Das Wasser schlug sogar manchmal gegen das Ufer, zeigte teilweise sogar Schaumkronen. Der Fluss wurde enger und enger, sodass die Ufer fast mit den Händen zu greifen waren.

Ich hatte aufgrund der zunehmenden Strudel Mühe, das Boot noch unter Kontrolle zu halten. Ich wollte gerade die Zauberin um Rat fragen, da stand sie auch schon neben mir. Sie tippte mir dezent in meine Rippen und schob mich vorsichtig beiseite. Jetzt übernahm sie das Ruder. Dabei lachte sie mich freundlich an. Es wirkte freundschaftlich, keinesfalls überheblich. Das war nie ihre Art. Mir war es ganz recht, weil ich ja schon die ganze Zeit ohne Pause am Ruder stand. Jetzt lag unser Schicksal wieder in ihrer Hand. Der Grund, weshalb sie mir half, lag an dem Verhalten des Kompass. Dieser spielte verrückt. Zeigte alle möglichen Richtungen an.

Der Fluss war mittlerweile so schmal, so dass wir fast nicht mehr hinein passten. Doch wir wurden immer schneller. Auch die Baumzauberin musste sich konzentrieren und sprach kein Wort.

Irgendwann hörten wir für kurze Zeit kein Plätschern mehr, sondern wir flogen einige Meter durch die Luft, ließen einen Wasserfall hinter uns und schlugen mit lautem Krachen auf die Wasseroberfläche eines großen Sees auf. Für einen Moment war alles ruhig.

Um uns herum gab es nur hohe Felsenwände. Direkt vor uns sahen wir ein riesiges Metalltor. Da mussten wir anscheinend auch hindurch. Das schien der einzige Ausweg zu sein. Ein Zurück gab es für uns nicht mehr. So schien es uns jedenfalls.

Für die Zauberin jedoch nicht. In ihren Augen erkannten wir, dass es weiterging. Sie war zwar etwas angespannt, strahlte aber gleichzeitig voller Zuversicht. Ihre Stirn zeigte nur eine Falte mehr. Sonst nichts. Stets wirkte sie gefestigt. Sie zeigte immer eine Art Hoffnung in ihrem Antlitz. Eine Hoffnung auf ein anderes Leben. Wie immer das auch aussehen würde. Vielleicht war sie deshalb auch eine Zauberin geworden. Oder umgekehrt. Dass der Zauber sie so verändert hatte. Aber eigentlich war es uns egal, wie herum es wirklich war. Hauptsache, sie war für uns da und begleitete uns. Half uns eben mit ihren Talenten.

Der Wasserspiegel blieb konstant, obwohl permanent Wasser dazu floss. Es musste also irgendwo einen Abfluss geben. Jedoch konnten wir ihn nicht erkennen. Es war absolut still. Selbst dort, wo der Wasserfall war. Auch Strudel waren nicht mehr sichtbar. Das Wasser der absoluten Stille. Wir hörten nur uns selbst. Nichts, was uns umgab, verursachte auch nur das geringste Geräusch.

Unser Boot wirkte verloren im Vergleich zur Größe des Raumes, in dem wir uns befanden. Es schien auf der Stelle zu stehen, und das Steuerrad führte niemand von uns. Irgendetwas hielt uns an einer bestimmten Stelle fest. Aber bevor wir Zeit hatten, uns Sorgen zu machen, lenkte uns ein metallenes Geräusch ab. Es waren die Flügeltore, die sich langsam und gleichmäßig öffneten. Sie schienen sich wie von selbst in Bewegung zu setzen. Schließlich blieben sie stehen und eine leise, flüsternde Strömung zog uns in eine Kammer, die am Ende auch wieder durch ein Tor verschlossen war.

Als die Mitte der Kammer erreichten, schloss sich das Tor hinter uns. Nun strömte eine ungeheure Menge Wasser in die Kammer, und unser Boot stieg mit dem Wasserspiegel nach oben. Wir befanden uns also in einer Schleuse. So wie es sie in meiner alten Heimat gab. Nur dort waren sie sehr viel kleiner. Hier musste die zu überbrückende Höhe wesentlich größer sein. Wir stiegen und stiegen, konnten sogar in der ersten Zeit den Himmel nicht richtig sehen. Erst nach einer gefühlten Ewigkeit sahen wir Teile des Himmels, bekamen wieder etwas frische Luft.

Trotzdem dauerte es noch eine ganze Weile, bis wir um uns herum wieder Land hatten. Land mit Blumen, Wegen und Tieren. Damit verbunden wieder das Gefühl von Freiheit. Das Gefühl etwas wiederzuhaben, was wir kannten. Denn wir hatten ja einiges verloren. Deshalb waren wir wahrscheinlich auch so empfindlich. Hatten dadurch vieles bewusst liebgewonnen. Das hatten wir alle auf unserer Reise gelernt. Wir wollten alles festhalten, so lange es nur irgendwie ging. Alles das, was uns guttat, das war uns schon genug. Die Suche nach dem Glück des Tages. Immer mit der Hoffnung, dass es weiterging. Bis in den morgigen Tag hinein. Nicht mehr. Darin waren wir uns alle einig. Ohne jeglichen Widerspruch.

Selbst Endri wollte es nicht anders. Er, der als Hirsch anders war als ich. Anders groß geworden war, der eigentlich kein Dach über dem Kopf brauchte, der zu den anderen Lebewesen gehörte. Doch auch den Tag und die Nacht liebte. Mit der Sehnsucht in seinem Innern, es morgen wieder so zu haben. Nicht mehr.

„Das Leben zu leben ist meine Sache. Das mache ich. Schenkt mir nur den Tag und die Nacht.", sagte er einmal zu uns.

Als die Schleusenmauern seitlich fast auf Höhe des Wasserspiegels waren, öffnete sich langsam das vor uns liegende Tor, und wir fuhren weiter den Strom entlang. Die Zauberin blieb aber trotzdem am Ruder. Zuerst fuhren wir nur mehrere Stunden geradeaus, sodass es schon eintönig wurde. Plötzlich änderte sich aber die Richtung sehr schnell nach rechts in eine scharfe Biegung. Diese Richtungsänderung war derart stark, dass ich der Zauberin beim Bewegen des Ruders half. Als wir endlich das Ende der Flussbiegung erblickten, da schauten wir nur noch auf eine riesige Metallwand.

Sie schien aus dem gleichen Material zu bestehen, wie zuvor die Schleusentore. Diese Wand wirkte unüberwindbar. Wir sahen keine Öffnungen, keine Fenster, keine Abstufungen. Egal, wohin wir auch schauten, sie war einfach nur eine Wand.

Das Boot steuerten wir an eine wie dafür geschaffene Ausbuchtung. Der Catcher holte den Steg, und so verließen wir, bis auf ihn, das Boot. Kaum waren wir an Land, da zog der Catcher den Steg wieder ein, und das Boot entfernte sich langsam wieder.

Der Catcher rief uns noch zu: „Es tut mir leid, aber ich kann nicht mit euch gehen. Hier habe ich mein Glück gefunden. Deshalb bleibe ich hier. Viel Glück auf der Suche nach dem neuen Land und natürlich auch nach einem neuen Leben. Falls ihr wieder vorbeikommen solltet, dann bin ich für euch da. Das wollte ich euch noch sagen. Bin für immer euer Diener."

Noch ehe wir die Situation richtig verstanden, war er auch schon in der weiten Landschaft verschwunden. Wir hätten ihn wirklich gut gebrauchen können. Er wusste das auch, aber er hatte entschieden, dass sein Weg ein anderer war. Anders als wir dachten. Wir vermissten ihn schon nach wenigen Minuten. Uns fehlte seine fürsorgliche Art.

Ratlos gingen wir einfach an der eintönigen Wand entlang. Ohne zu wissen, ob wir die richtige Richtung eingeschlagen hatten. Wir sprachen auch kaum miteinander. Jeder schaute für sich einfach nur in der Gegend herum. Wir waren enttäuscht darüber, dass wir vielleicht niemals richtig etwas für uns finden würden.

Nur einer war nicht abgelenkt. Es war das kleine Kind. Als wir uns einmal nach ihm umschauten, da es ja immer am Schluss ging, sahen wir es weit weg von uns entfernt auf dem Boden sitzen. Seine kleine Tasche war geöffnet, und es hielt einen Umschlag in der Hand.

Wir gingen vorsichtig zurück und beobachteten, wie es ein wenig apathisch das Siegel anstarrte. Gleichzeitig berührte es mit der linken Hand das gleiche Siegel an der Stahlwand.

Das Siegel an der Wand war uns nicht aufgefallen. Es war nur in Kindeshöhe zu sehen. Dazu waren wir zu groß. Beide Siegel waren absolut identisch. Es war der Mond mit den vier Sternen. Das Kind nahm den Brief und hielt das Siegel gegen das Siegel der Wand.

Wir hörten ein leises Knarren, und das Kind ließ vor Schreck den Brief los. Es haftete aber weiter am Siegel der Wand. Das Knarren nahm zu, der Boden vibrierte, offenbar bewegte sich die ganze Wand. Dann bemerkten wir Scharniere, und eine Tür erschien, die zuvor nicht vorhanden war.

Wir traten einige Meter zurück, nur das Kind nicht. Es hatte überhaupt keine Angst. Schien wie in Trance. Nach den Scharnieren zeigte sich ein Schlüsselloch, aus dem auch ein Lichtschein zu sehen war. Darüber erkannten wir eine Metallkugel, die ebenfalls das Zeichen des Mondes mit den vier Sternen trug.

Ich nahm das Kind intuitiv auf meine Arme, sodass es nun die Kugel erreichen konnte. Mit übereinandergelegten Händen berührte es die Kugel. Daraufhin öffnete sich langsam eine große Tür in Richtung der anderen Seite der Wand.

Wir warteten einen Moment, bis sich das Tor weit genug geöffnet hatte. Ich setzte das Kind wieder ab. Kaum war es wieder auf dem Boden, nahm es den Brief wieder an sich und verstaute ihn sorgfältig in die kleine unauffällige Tasche. Schließlich gingen wir langsam durch das offene Tor.

Wir erblickten eine blühende Landschaft, die alles, was die Natur uns zeigen konnte, für uns bereithielt. Alles war in Richtungen aufgeteilt. In einer Richtung gab es nur Berge, in der anderen Seen, eine weitere zeigte verschiedene Wälder oder unendlich sich ausbreitende Wiesen. Nur ... welche Landschaft war für uns?

Plötzlich vernahmen wir ein leises Rauschen. Wir folgten vorsichtig diesem Geräusch und standen schließlich auf einem kleinen Felsvorsprung, der uns den Blick in ein großes Tal offenbarte. Das Rauschen kam von einem kleinen Bach. Da wir wussten, dass wir immer dem fließenden Wasser folgen sollten, wenn wir nicht weiterwussten, überlegten wir nicht lange. Wir stiegen zum Bach hinunter über einen kleinen, kaum erkennbaren Pfad, den die Tiere wahrscheinlich schon seit Jahrhunderten nahmen. Der Pfad war so schmal, dass wir ihn nur hintereinander gehend benutzen konnten.

Als wir den Bach erreichten, wurde er breiter, und der Boden unter unseren Füßen wurde weicher, war nicht mehr so steinig. Jetzt konnten wir wenigstens zu zweit nebeneinander gehen. Dadurch fühlten wir uns etwas sicherer.

Wir liefen weiter und weiter. In der Hoffnung, dass wir richtig waren. Irgendwann bemerkte ich den ersten dunklen Vogel. Dann wurden es immer mehr. Mich überkam ein unsicheres Gefühl. Permanent schaute ich mich nach Ausweichmöglichkeiten um, was aber in diesem Gelände sehr schwierig war. Dann flog plötzlich eine ganze Gruppe auf uns zu und warf irgendwelche Gegenstände vom Himmel herunter, die ich nicht kannte. Sie trafen uns aber nicht, da sie einige Meter von uns weg aufschlugen. Eins landete auf einem Stein, und ich konnte sehen, dass es stachelige Kügelchen waren. Möglicherweise waren sie giftig. Erst jetzt erkannte ich die große Gefahr, in der wir uns befanden.

Wir beschlossen, in größeren Abständen voneinander zu laufen, um keine große Angriffsfläche mehr zu bieten. Das Kind ließen wir unter Endri laufen, damit es besser geschützt war. Kaum hatten wir uns anders aufgestellt, kamen die Angriffe immer häufiger und aus allen Richtungen. Es waren Vögel, die mir nicht bekannt waren. Keine Raben. Aber bestimmt vom schwarzen Adler gesandt. Manchmal hatte ich den Eindruck, dass sie von einem großen Vogel im Hintergrund geleitet wurden. Er tauchte immer nur schemenhaft auf. Griff aber nie direkt ein. Schien wie ein Geist zu sein.

Unsere Situation schien aussichtslos, da wir keinen richtigen Schutz fanden. Die Angriffsstelle war also geschickt ausgesucht worden. Irgendwann vernahm ich unerwartet andere Vogelstimmen. Ich schaute nach links vorne und sah einen Felsspalt, aus dem einzelne Vögel flogen. Das konnte unsere Chance sein.

Ich rief den anderen zu, mir zu folgen, ohne zu fragen. Also liefen wir alle um unser Leben. Die Zeit, bis wir die Felsspalte erreichten, kam uns unendlich vor. Aber wir schafften es. Selbst Endri passte durch den Spalt. Als wir alle angekommen waren, zeigte sich hinter der Spalte ein großer in sich abgeschlossener Park. Wie eine Insel. Nach oben hin war zwar Himmel zu sehen, aber wir konnten keine Feinde mehr ausmachen. Es schien ein Raum im Raum zu sein.

Deshalb waren unendlich viele Vögel hier. Sie hatten die Gefahr früher erkannt. Wir hätten eher auf die anderen Tiere schauen sollen. Das war unser Fehler. Aber wir konnten nicht an alles denken. Schließlich befanden wir uns ja in einem anderen Land.

Mittlerweile lagen wir alle erschöpft, aber zufrieden im Gras. Wir hatten wohl großes Glück gehabt. Doch das täuschte.

Als ich zu dem Kind hinüber schaute, stand vor ihm ein Reh. Es hatte ein schönes, hellbraunes Fell und war wie wir auf Reisen. Besorgt starrte es auf das Kind und sprach: „Ihr müsst von hier fort. Der Lebenshauch des Kindes ist sonst bald ausgehaucht, weil es getroffen wurde. Euch kann nur noch der Wal helfen. Der Wal, der nicht im Meer lebt, sondern in einem großen See. Niemand weiß, wie er dorthin gekommen ist, aber er lebt in diesem See schon seit vielen Zeiten. Er ist unser Magier. Und kennt auch die Kräfte, die woanders hinführen oder zu uns kommen. Besonders die, die uns schaden können.

Für die meisten Dinge hat er ein Wasser, das man trinken kann. Es ist das Wasser des Lebens. Aufbewahrt wird es in den Tiefen des Sees. Nur er kommt dorthin. Ich kann euch zu ihm führen. Wir müssen jedoch auf die Dunkelheit warten, da nur die Dunkelheit euch vor den schwarzen Vögeln schützt. Sie können im Dunkeln nicht sicher fliegen. Das ist unser großer Vorteil. Deshalb warten wir noch etwas.

In der Zwischenzeit reiben wir das Kind mit dieser Pflanze ein. Diese Pflanze schenkt uns Zeit. Aber natürlich nicht für die Ewigkeit. Maximal bekommen wir eine ganze Nacht. Ich denke, diese Zeit wird uns reichen, da der See nicht weit von uns entfernt ist. Und der Wal ist immer da, wenn man ihn braucht. Das ist das Angenehme an ihm. Er prägt unser kleines Land. Er freut sich bestimmt auf euch. Vor allem weiß er, dass sich etwas verändern wird.

Ihr habt nämlich das Tor der Tore geöffnet. Wenn das Tor der Tore sich öffnet, wird wahrscheinlich ein neues Land geboren. Und jedes neue Land benötigt Wasser, denn ohne Wasser gibt es kein neues Land. Falls er euch also etwas Wasser mitgibt, dann bewahrt es sorgfältig auf. Es sind zwar nur ein paar Tropfen. Trotzdem können sie alles verändern. Vielleicht bekommt ihr ja doch ein neues Land. Aber sicher seid ihr erst, wenn ihr es habt.

Lehnt diese kleine Flasche mit Wasser auf keinen Fall ab. Nichts was er gibt, ist nutzlos. Alles hat seinen Sinn. Und wenn es auch noch so sinnlos erscheint. Ihr müsst an ihn glauben. So wie wir alle es tun. Alle hier und bestimmt auch viele im Anderswo. Wir sind unter seiner Führung nicht sorgenfrei, aber er gibt uns sein Alles, und deshalb lieben wir ihn. Den großen Wal, der mit dem kleinen See zufrieden ist und sein ganzes Land niemals besuchen kann. Er kann es sich nur vorstellen in seiner Fantasie. Denn wir haben keinen Fluss, der durch das Land zieht. Auch haben wir kein großes Meer, um ihm mehr Freiheit zu schenken. Trotzdem ist es aber ein friedliches Land. Darum beneiden uns viele.

Wer hat schon einen großen Wal als Herrscher?

Jeder kann ihn besuchen. Wenn du dich an den Strand setzt, dann kommt er vorbei, falls es nötig ist. Kommt er nicht, dann brauchst du ihn nicht. Es liegt also in deiner Kraft, es zu lösen. So lehrt er uns, an etwas zu glauben. Dinge zu tun, von denen wir dachten, dass sie für uns unerreichbar sind."

Mir war gar nicht aufgefallen, dass das Kind verletzt war. Es war kaum ansprechbar, atmete aber noch regelmäßig. Am linken Unterarm stellten wir eine kleine Wunde fest. Wir zerrieben die Pflanze auf einem Stein und wickelten den so entstandenen Brei auf die Einstichstelle. Blätter dienten uns als Verband.

Das Reh verstand sich gut mit Endri. Sie sahen sich, und schon waren alle Hürden gefallen. Fast die ganze Zeit redeten sie miteinander, hatten sich viel zu erzählen. Obwohl sie sich eigentlich nicht kannten. Vielleicht hatten sie ja ähnliche Dinge erlebt oder ähnliche Träume von der Zukunft.

Für uns alle war es auf jeden Fall von Vorteil, da wir wieder einen Freund mehr gefunden hatten. Es war interessant, die beiden nebeneinander anzuschauen, weil der Größenunterschied zwischen den beiden beeindruckend war. Als die Dämmerung kam, bereiteten wir uns auf den Nachtmarsch vor. Wir bauten aus Zweigen eine Art Trage, die wir hinten an Endri befestigten. Für ihn war das Gewicht aufgrund seiner Größe überhaupt kein Problem. Schließlich waren wir dann soweit und zogen gemeinsam durch die dunkle Nacht.

Das Reh ging voran. Manchmal zügig, dann wieder langsam und besonders vorsichtig. Es war fortwährend auf der Hut. Ich selbst konnte nicht viel sehen. Selbst die Sterne am Nachthimmel blieben vor uns verborgen. Wir konnten nur dem Instinkt der Tiere und ihrer Erfahrung vertrauen. Das hatten uns die Tiere voraus.

Selbst die Zauberin erreichte in dieser Situation ihre Grenzen.

Wir kamen in der ganzen Zeit gut voran. Von den Vögeln war nichts zu sehen. Also stimmte die Vermutung, dass wir für sie in der

Dunkelheit nicht gut zu sehen waren. Aber bestimmt waren sie noch in der Nähe. Das Reh wollte, dass sie nichts von unseren Vorhaben wussten. Sie sollten weiterhin glauben, dass wir uns in der Höhle befanden, die sie hinter der Felsspalte vermuteten.

Man ist immer im Vorteil, wenn der Gegner nicht weiß, wo man sich befindet, das wusste ich sehr gut.

Kurz vor dem Sonnenaufgang gelangten wir an eine große Wiese. Das Gras stand höher als ich es je gesehen hatte. Es wuchs sogar höher als Endri. Wir gingen dicht hintereinander, um uns nicht zu verlieren. Dieses Gras war wirklich derart dicht, dass wir den Vordermann fast nicht sahen. Nach oben hin waren wir vollkommen abgedeckt.

Nach ungefähr einer halben Stunde erreichten wir einen See. Die Wasseroberfläche war unendlich glatt, der Himmel über uns war wolkenlos, und es war wieder taghell. Die Nacht war vorüber. Weit und breit konnten wir keine Vögel sehen, es schien als seien wir in einem anderen Raum.

Wir befreiten Endri von der Last der Trage und legten das mittlerweile nicht mehr ansprechbare Kind in einer Ufermulde ab. Wir setzen uns daneben in den Sand und machten es so, wie wir es gehört hatten. Wir warteten im Sand auf den großen Wal, der alles verändern sollte.

Allerdings zweifelte ich etwas, ob es ihn überhaupt gab. Denn es gab ja nur Geschichten über ihn. Keiner von uns hatte ihn jemals leibhaftig gesehen. Auch das Reh hatte nur von ihm gehört. Wir hatten also alles riskiert, nur weil alle in einem Land an etwas glaubten.

Während die Zweifel uns fast völlig beherrschten, bemerkten wir den sinkenden Wasserspiegel im See. Unsere Füße, die vorher von Wasser umgeben waren, lagen unerwartet auf dem nur noch leicht feuchten Sand. Vorsichtig schauten wir auf den See hinaus. Ich dachte nur: Er muss sehr groß sein, wenn der Wasserspiegel beim Auftauchen so stark sinkt. Kaum hatte ich dies zu Ende gedacht, da tauchte er auf. Er war es wirklich.

Als er vor uns anhielt, waren wir alle wie in Trance. Seine Augen waren riesig, doch erkannten wir ihn ihnen keine Bedrohung. Es ging eine große Macht von ihm aus, ohne dass er überhaupt etwas sagte. Langsam öffnete er seinen großen Schlund. Darin befand sich eine kleine Graslandschaft auf der sich vereinzelt Blumen befanden. Er zwinkerte mit den Augen und signalisierte uns damit, hinein zu gehen. Wir nahmen unsere kleinen Dinge und stiegen langsam in das große Maul des Fisches.

Das kranke Kind trug ich auf meinen Armen hinein. Ich legte es vorsichtig im Gras ab. Kaum waren wir alle im Inneren des Wales, da schloss sich das Maul, und wir tauchten hinab in die Tiefe des Sees.

Im Inneren war alles angenehm beleuchtet. Auch das Atmen war uns möglich. Wir fühlten uns sogar ein wenig geborgen. Es war keine feindliche Umgebung. So warteten wir auf die Dinge, die auf uns zukommen würden.

Das Kind hatte mittlerweile hohes Fieber und reagierte nicht mehr auf Ansprache. Das Gesicht wirkte trotz der hohen Temperatur blass.

Die Zeit schien uns davonzulaufen. Deshalb waren wir teilweise auch wie ohnmächtig. Wahrscheinlich lag es daran, dass wir ja eigentlich nicht viel tun konnten. Wir konnten es nur begleiten. Immer mit der Hoffnung in uns, es nicht zu verlieren, und im Vertrauen darauf, dass eine andere Macht sich schon darum kümmern würde.

Nach einiger Zeit bemerkten wir, dass wir nicht mehr an Tiefe zunahmen. Der Wal schwamm immer langsamer. Wir vermuteten es, da die Strömungsgeräusche um uns herum immer leiser wurden.

Schließlich öffnete sich der Schlund, und der Wal steuerte mit uns eine Art Insel an. In diese Insel hinein verlief ein Fluss. Wir fuhren in die Mündung hinein, und nach einigen Hundert Metern ging es nicht mehr weiter. Als wir stoppten, sprangen wir alle ans Ufer.

Kaum hatten wir den Wal verlassen, da stand er auch schon neben uns. Er war jetzt etwa so groß wie Endri und sah auch immer noch wie ein Wal aus. Doch wurde der Körper von vier kleinen kräftigen Beinen getragen, die irgendwie nicht zur Größe des zu tragenden Körpers passen wollten. Aber der Wal konnte sich mit ihnen unglaublich leicht und schnell bewegen, sodass wir große Mühe hatten, ihm zu folgen.

Nach einigen Minuten hielten wir an und sahen viele kleine Erdlöcher, die mit Flüssigkeit gefüllt waren. Vor jedem standen kleine Becher. Der Wal ging zu verschiedenen Löchern und nahm aus dem einen oder anderen etwas Flüssigkeit. Dabei hatte jedes seinen eigenen Becher. Als er einige zusammen hatte, trug er sie zu einem Stein, auf dem eine Schale stand. Hier schüttete er aus jedem Becher eine bestimmte Menge hinein. Anschließend nahm er einen goldenen Löffel und vermischte alles sehr sorgfältig. Danach füllte er diese Mischung in eine kleine Glasflasche. Das Ganze wiederholte er noch einmal. Nahm aber dieses Mal Flüssigkeit aus anderen Löchern. Von diesen schien es unendlich viele zu geben.

Mit den zwei Flaschen gingen wir zu unserem kleinen Kind. Aus einer goss er Flüssigkeit auf die Lippen, und kurz danach begann die Haut wieder rosig zu werden. Das Leben des Kindes kehrte langsam wieder zurück, und wir waren froh, es noch rechtzeitig geschafft zu haben.

Der Wal ging mit uns weiter durch seine geheimnisvolle Welt, bis wir an einen großen Felsen kamen. Hinter diesem Felsen befand sich eine andere Vegetation. Es schien eine Grenze zu sein. Wir stoppten an dem Felsen, und der Wal sprach zu uns: „Hier, nehmt diese kleine Flasche. Sie ist mit ozeanischem Wasser gefüllt. Das ist wichtig für eure neue Welt. Im Tal der Lichter bekommt ihr kein Wasser, sondern nur das neue Land. Für das Leben braucht ihr aber Wasser.

Deshalb nehmt diesen Ozean von mir an. Zehn Tropfen davon ergeben einen großen Ozean. Für das Gleichgewicht eines Landes benötigt ihr immer zwei Ozeane. Die Zahl muss immer gerade sein. Nur dann bildet sich ein stabiles Gleichgewicht. Denn immer zwei stehen miteinander in Verbindung. Sonst werdet ihr niemals ein friedvolles Land haben. Also achtet darauf.

Nur im Land des schwarzen Adlers ist es anders. Sie haben nicht auf mich gehört. Deshalb haben sie dort die falschen Ströme. Das Böse wird dort nicht ausgeglichen. Deshalb suchen sie das Kind.

Das ist zwar auch ein Weg, aber es steht ihnen nicht zu, und das Glück wäre nur von kurzer Dauer, da dieses Glück mit dem Tod des Kindes verschwinden wird und das alte Problem wieder vorhanden wäre. Es wäre das Unglück des anderen. Das macht niemals glücklich. Und das Talent, über Grenzen hinweg den Frieden zu geben, reicht nicht. Es ist zwar sicherer für alle, aber die Basis allen Friedens sind immer die Ozeane. Sie sind das wichtigste Element, und es fängt mit einem kleinen Tropfen an. Also achtet darauf.

Nehmt nur so viele Ozeane, wie ihr wirklich benötigt. Die Zahl zwei ist dabei heilig. Und wie viele Ozeane ihr benötigt, das erfahrt ihr von euch selbst.

Hier ist alles was ihr noch braucht. Es hängt vom Boden ab, den sie euch geben. Der eine braucht mehr, der andere weniger Ozean. Das alles ist Laufe der Jahrtausende genau festgelegt worden im. Aber ihr könnt auch davon abweichen. Nur würde ich es euch nicht empfehlen. Deshalb seid weise und vertraut auf die zurückliegenden Jahrtausende."

Als seine Worte nicht mehr zu hören waren, schauten wir kurz in die Richtung des Wals, um noch ein paar Fragen an ihn zu richten. Doch er war nicht mehr da. War wie vom Erdboden verschluckt. Er hatte uns verlassen, ohne noch einmal mit uns zu reden.

Wahrscheinlich musste das so sein.

Wie so viele Dinge einfach so geschehen.

Ohne weshalb und warum.

Im Reich des Adlers

Wir wanderten weiter des Weges, so wie wir es gewohnt waren. Gingen mit dem Gras, mit den Wegen der Natur. Auf der Suche nach mittlerweile so vielen Dingen, dass wir sie eigentlich fast gar nicht mehr aufzählen konnten. Zuerst war es für uns doch nur ein neues Leben und ein neues Land. Jetzt lernten wir aber, dass sowohl das Land als auch das Leben aus viel mehr Dingen bestand. Mit ihnen kam nämlich auch die Unendlichkeit.

Immer wenn ein Land oder ein Leben beginnt, auch wenn es zuerst nur eine Sehnsucht ist, beginnt auch das Unendliche. Das hat zur Folge, dass man immer weitermacht. Weil die Sehnsucht einen treibt. Die Sehnsucht weiterzumachen, die Sehnsucht, dass es nicht aufhört und uns den vollkommenen Frieden bringt. Das alles treibt uns voran.

Und deshalb nahmen wir alle Strapazen auf uns. Gingen diesen Weg, den wir eigentlich nicht richtig beschreiben konnten. Schwitzten, träumten, fürchteten uns, fragten nach dem Warum und so weiter. Hielten immer mehr zusammen. Passten aufeinander auf, als wäre es schon von den Anfängen unserer Gedanken so gewesen. Als hätten wir alle die gleichen Eltern gehabt, die uns ähnliche Dinge zeigten. Die immer an uns glaubten, auch wenn wir manchmal völlig anders waren.

Wir dachten und sprachen eine ganze Zeit lang über den verrückten Wal. Der sich verwandeln konnte und einen unendlichen Schatz verwaltete. Einen Schatz, den nur er richtig kannte. Er kannte jedes Wasser auswendig. Verlor wenige Worte über seine große Verantwortung. War einfach nur für uns da. Und wir hatten nicht die leiseste Ahnung, was ihn antrieb, das alles für andere zu tun.

Als wieder eine ganze Weile voller Gedanken vergangen war, erreichten wir eine herrenlose Feuerstelle auf einer Lichtung. Hier legten wir uns erschöpft nieder. Die Müdigkeit machte uns anscheinend unvorsichtig. Wir verschwendeten keinen Gedanken daran, uns zu fragen, weshalb das Feuer scheinbar auf uns wartete. Aber als wir darüber nachdachten, war es schon zu spät.

Das Feuer wurde auf einmal grenzenlos hoch. Es breitete immer mehr nach oben hin aus. Mit dem immer größer werdenden Feuer wurde die Nacht zum Tag. Dabei war die Hitze noch nicht einmal das Problem. Es war die gleißende Helligkeit, die überall eindringen wollte. Selbst das Schließen der Augen verschaffte uns nur wenig Linderung. Wir waren geblendet und als hätten wir unser Augenlicht verloren.

Völlig hilflos griffen wir mit unseren Händen in den Raum hinein. Doch da war nichts zum Greifen. Blieben allein mit unserer Hilflosigkeit. Mussten uns zusammenreißen, um nicht in Panik zu verfallen. Verfielen dann irgendwann in eine Art Starre. Waren sogar für einige kurze Momente damit einverstanden, alle unsere Ziele aufzugeben. So stark war diese äußerliche Macht.

Schließlich folgte nach dem großen grellen Licht der unendliche Schatten. Er hob uns hoch hinaus ins Nirgendwo, spielte mit uns, als wären wir sein Eigen. Manchmal hatte ich auch das Gefühl, er würde über uns lachen. Ohne ihn dabei richtig zu sehen. Anders konnte ich es nicht beschreiben.

Jetzt spürten wir zusammen das erste Mal richtige Gefahr. Hatten sogar manchmal wirklich die Hoffnungslosigkeit in uns, dass alles vorbei sein würde. So groß schien die gegnerische Kraft. Vielleicht lag das daran, dass wir diese Waffe nur spürten, aber nicht sehen konnten. Sie schien gewaltig und gnadenlos. Also blieb uns erst einmal nichts anderes übrig, als abzuwarten. Und auf die Gelegenheit zu hoffen, dass sich eine andere Situation ergab.

Wie lange das ganze dauerte, war schwer zu beschreiben. Jede Antwort wäre gefühlt falsch gewesen. Richtig wach wurden wir erst wieder in einem gläsernen Labyrinth. Die Freiheit war zwar zu sehen, aber kaum gingen wir auf sie zu, da liefen wir schon gegen Glaswände. Wir hatten immer nur einen bestimmten Raum vor uns, der kein Ende hatte. Auch nach oben hin gab es keine Freiheit. Es gab zwar etwas zu essen und zu trinken. Aber dann war es auch schon vorbei. Alles was man sonst zum glücklich sein brauchte, schien uns verwehrt zu sein.

Traurig, verzweifelt und erschöpft schauten wir uns an. Legten uns schließlich irgendwo hin, um über alles nachzudenken. Nach einiger Zeit sprach das Reh über eine alte Sage, die manchmal in den Wäldern erzählt wurde und die alle Tiere des Waldes in ihren Bann zog: „Das Glas des schwarzen Adlers kann nur mit einem besonderen Glas gesprengt werden. Um dich herum bildet sich danach ein sicherer Glaskasten, der alle Angreifer abwehrt. Es ist unscheinbar, ist dort zu finden, wo das Meer ist. Kann von dort aber geholt werden. Und es hilft dir, den richtigen Weg zu finden. Aber irgendwann musst du es zurück ins Meer bringen.

Dort müsst ihr es suchen. Der Adler glaubt nicht daran. Er hält es für eine unbedeutende Geschichte. Aber bis jetzt hatten die alten Sagen immer ihre Bedeutung. Bis heute weiß, glaube ich, keiner, wo man es finden könnte."

Unmittelbar nachdem das Reh diese Worte gesprochen hatte, schauten das Kind und ich uns an. Wir hatten beide in diesem Moment die gleichen Gedanken, ahnten den Aufenthaltsort des Glases.

Nach einem kurzen angespannten Augenblick öffneten wir den Rucksack und wickelten den Kompass aus dem Tuch. Aufgeregt betrachteten wir ihn. Zunächst fanden wir nichts. Bis wir das Sichtfenster betrachteten. Dieses war so eingefasst, dass man es entfernen konnte. Am Rand gab es eine kleine Öffnung. Als wir etwas an der Fassung zogen, klappte das ganze Sichtfenster auf. Nun schob ich vorsichtig das Glas in Richtung Öffnung, und so konnten wir es langsam aus der Fassung herausnehmen.

Das Glas war sehr dünn, und es erschien uns etwas seltsam, dass durch dieses Glas unsere Rettung gelingen sollte. Vorsichtig gingen wir so weit, bis uns wieder eine Glaswand den Weg versperrte. Jetzt nahmen wir unser Glas und rieben es gegen das andere. Plötzlich zersprang alles. Nur unseres blieb heil.

Kurze Zeit danach entstand um uns herum ein schützender Glaskasten, der sich mit uns bewegte. Mittlerweile hatten auch die Raben unsere Situation erkannt. Jetzt kamen immer mehr Raben und flogen mit all ihrer Gewalt gegen unseren Glaswall, doch ihre Angriffe bilden erfolglos. Teilweise blieben manche Raben sogar leblos an unserer Wand liegen.

Aber für uns ging es weiter. Selbst als mittlerweile alles um uns herum durch die Körper der Raben verdunkelt war. Es mussten Tausende sein, die uns vernichten wollten. Ihr Hass gegen uns schien grenzenlos. Obwohl wir doch nur ein neues Land haben wollten. Nicht mehr und nicht weniger. Ihnen ging es nur darum, mächtiger zu sein. Hatten nicht verstanden, dass sie nicht auserwählt waren, sondern eben dieses Kind oder dieser König. Ein König, der anders war und anders sein sollte. Das war seine Bestimmung. Es ging darum, alle zusammenzubringen und dabei jedes Land bestehen zu lassen. Daraus sollte schließlich eine große Welt entstehen.

Wir gingen weiter, ohne eine klare Richtung zu haben. Plötzlich wurde es wieder heller, da keine Raben mehr gegen uns flogen. In der

Ferne sahen wir einen immer größer werdenden schwarzen Schatten. Er war deutlich größer als der der Raben. Bis er schließlich vor uns stand. Jetzt war uns bewusst, weshalb sie ihn alle fürchteten. Seine Größe war unbeschreiblich. Deshalb hatten alle Angst vor ihm.

Uns gefror fast das Blut in den Adern. Gegen ihn schienen wir machtlos. Jedoch griff er uns nicht an. Er machte noch nicht einmal einen Versuch. Als ob er wusste, dass auch seine Macht Grenzen hatte. Seine Augen wirkten leer. Sie schauten uns nicht an, blickten einfach nur vor sich hin. So als wenn man immer nur für sich selbst lebt.

Nach einigen Minuten atemloser Stille brummelte der Adler langsam und bestimmend vor sich hin. Dabei schaute er uns nicht einmal an: „Ich möchte oder ich bestimme, dass ihr hierbleibt. Weil es so sein muss. Nur ich bin der wahre Herrscher. So steht es geschrieben. Mir steht die ganze Welt zu. Alles andere interessiert mich nicht. Ich bestimme, wer glücklich ist, und wann er es ist. Deshalb gebt auf, und kommt zu mir. Sonst werde ich euch ewig jagen. Bei mir wird es euch an nichts fehlen. Habt Vertrauen, und gebt mir dieses Kind. Mehr will ich nicht. Die anderen lasse ich weiterziehen. Ich gebe euch auch alles, was ihr möchtet. Ihr bekommt unendlichen Reichtum. Könnt machen, was ihr wollt. Außer einem! Ihr dürft euch nicht mehr mit dem Kind treffen. Das bleibt bei mir!"

An seinen Augen bemerkten wir, dass mit ihm nicht zu reden war. Er war nur in sich selbst verliebt. Auch strahlte er Gefahr und Hinterlist aus. Deshalb machten wir ihm gegenüber keine Zugeständnisse, sondern schwiegen, um uns nicht zu gefährden und Zeit zu gewinnen. Wir verständigten uns nur durch Blicke miteinander. Dadurch wussten wir schon einmal, dass wir uns einig waren. Wir waren mittlerweile zu einer Art Lebensbande geworden. Eine Bande, die gemeinsam durch die Welt ging. Geld war uns irgendwie egal. Weshalb nur?

Vielleicht war es ja auch dort, wo wir hinwollten wertlos, weil wir doch alle ein neues Land wollten. Der alte Mann in dem verfallenen Haus sprach nicht davon, dass man ein neues Land kaufen könnte. Nein, er sprach von ‚auf die Suche gehen, um es zu finden‘. Deshalb waren wir hier zusammen. Begleitet von Zufällen und unbekanntem Zauber. Auch nicht zu vergessen die Vorsehung. Die alle irgendwo hin begleitete. Getrieben von der Hoffnung, dass es das alles gibt und wir nicht alleine sein würden. Immer aber mit dem Gedanken in uns, dass wir das alles niemals beweisen konnten. Vielleicht würden auch wir eines Tages zu denen gehören, die nur über etwas sprachen, das eigentlich nicht mehr als eine Legende war. Davor hatte jeder Angst, der das suchte, was wir suchten. Angst vor der Legende von einem neuen Land und einem neuen Leben. Jedoch die Legende hat den Vorteil unendlich zu sein. Unendlichkeit kann niemals zerstört oder verboten wären. Sie lebt ewig. Ist tief verwurzelt in der Seele der Völker.

In seiner grenzenlosen Wut trieb der Rabe uns immer mehr in den Wald hinein. Nur der Adler und die Raben konnten nicht in den Schutzraum aus Glas. Als der erste größere Baum uns erreichte, da öffnete die Baumzauberin blitzschnell den Stamm und zog uns in den Baum hinein. Auf einmal trat wieder Ruhe ein. Wir hatten das Reich des Adlers verlassen können. Wahrscheinlich tobte dieser immer noch vor sich hin und hatte in seiner Wut unsere Abwesenheit noch nicht bemerkt.

Nun ging es wieder weiter. Wir befanden uns in einem engen Gangsystem, in dem nur die Zauberin zu Hause war. Manchmal ging es nach rechts, dann wieder nach links und teilweise nur geradeaus. Sehen konnten wir gut in dieser Welt, in der es keine Sonne zu geben schien. Wir konnten die Quelle des Lichts nicht ausmachen. Es leuchtete diffus überall etwas. Von unten, von oben, von rechts und links. Als wäre es überall. Dadurch entstand ein Gefühl der Sicherheit. Trotz der Enge fühlten wir uns wohl. Selbst Endri, der aufgrund seiner Größe die meisten Schwierigkeiten hatte, hier klarzukommen.

Wir wanderten und wanderten. Die Zauberin sprach die ganze Zeit nicht mit uns. Ab und zu schaute sie einmal nach hinten, ob noch alle da waren. Nach einer unbestimmten Zeit standen wir in einer Art Vorraum. Über uns befanden sich die Ausläufer eines sehr großen Baums. Die Zauberin wartete, bis wir alle zusammen waren und sprach: „Jetzt kommt ihr gleich ins Tal der Lichter. Durch Zufall habe ich die Wegezeichen erkannt. Es hat etwas mit dem Licht zu tun. Wenn es heller wird, ist man richtig, sonst kommt man woanders heraus.

Leider begleite ich euch nicht weiter. Mein König ruft mich zurück in sein Reich. Also muss ich ihm folgen. Das ist nun einmal so. Aber ihr habt alles, was ihr braucht. Ich bin überflüssig geworden. Natürlich werde ich immer an euch denken. Falls ihr alles gefunden haben solltet, werde ich es erfahren. Denn der Wald hat tausend Ohren. Man kann ihm nichts verheimlichen. Und Bäume gibt es überall. Auch wenn ihr sie nicht seht. Selbst in der Wüste."

Nach einigen Minuten des Schweigens verabschiedeten wir uns, indem jeder für sich der Baumzauberin mit etwas feuchten Augen einen Blick zu warf.

Alle waren wir traurig und gleichzeitig auch unendlich dankbar für ihre Begleitung. Denn ohne sie wären wir bestimmt nicht so weit gekommen.

Sie öffnete zum letzten Mal für uns einen Baum und führte uns hinaus. Danach sagte sie zu uns: „Geht bis hinter den Felsen. Hier beginnt das Tal der Lichter. Das Tal der Lichter hat immer nur eine Richtung. Hierhin könnt ihr niemals zurück. Habt aber keine Angst. Es geht weiter!"

Dann ging sie zurück, ohne uns einen weiteren Blick zu schenken, und verschwand.

Das Tal der Lichter

Kaum hatten wir das Land hinter dem Felsen betreten, befanden wir uns in einem großen, langgestreckten Tal. Man konnte das Ende nicht sehen. Das Sonnenlicht verlor allmählich an Kraft, aber gleichzeitig leuchteten in den Felswänden immer mehr Lichter. Sie sahen aus wie Kerzen, flackerten aber nicht im Wind. Je weiter wir diesem Tal folgten, desto dunkler wurde der Himmel, der schließlich durch die Nacht nicht mehr zu sehen war.

Wir waren so aufgeregt und beeindruckt von den neuen Eindrücken, dass wir kaum miteinander sprachen. Worüber auch, denn jeder hatte ja genug mit sich selbst zu tun. Waren wie gelähmt durch diese mystische Atmosphäre. Auch waren unsere Gedanken natürlich immer noch bei der Zauberin. Da sie doch auf irgendeine Art und Weise zu uns gehört hatte. Auch nach so kurzer gemeinsamer Zeit. Wir ließen uns tragen von unseren Füßen, die mittlerweile vielleicht genauso zu denken vermochten wie unser Verstand. Einfach alles in uns wollte in die Zukunft. Kaum etwas anderes hatte in uns Platz. Es lag wahrscheinlich auch daran, dass wir nun im Tal der Lichter waren. Hier sollten alles unsere Fragen Antworten finden. Und die unklaren Dinge endlich beendet werden. Selbst ohne zu wissen, wie es ausgehen würde.

Als uns irgendwann auch die Füße nicht mehr tragen wollten, sahen wir vor uns einen immer heller werdenden Punkt. Je näher wir ihm kamen, desto deutlicher konnten wir einen einfachen Platz ausmachen, dessen Boden aus weißem Sand bestand. Es erinnerte mich an einen Sandstrand. Jedoch fehlte das Meer.

Mitten auf diesem Sandplatz saßen zwei Personen. Als diese uns schon aus der Ferne wahrnahmen, winkten sie uns freundlich zu und riefen: „Kommt zu uns! Hier seid ihr schon richtig. Nur keine Angst."

Mit etwas verunsicherten Gefühlen erreichten wir sie und setzen uns zu ihnen. Allerdings nicht zu ihnen auf den Holzboden, sondern in den Sand. Aus der Nähe konnten wir jetzt sehen, dass sie so groß wie Kinder waren. Doch ihre Gesichter wirkten älter, nicht so kindlich unbedarft, sondern vom Leben gezeichnet. Sie saßen auf einem rechteckigen grauen, etwas verwitterten Holzboden. In der Mitte des Bodens war zusätzlich ein gelber Kreis gemalt. Im Zentrum des Kreises war ein Mond mit den vier Sternen aufgemalt. Er ähnelte dem Siegel des Briefes, den unser Kind mit sich führte, sehr.

Aber ich ließ mir nichts anmerken.

Als wir alle saßen, sprachen sie beide gleichzeitig zu uns: „Ihr seid hier, um ein neues Land zu bekommen. Sonst kommt niemand zu uns. Legt alles in den gelben Kreis der Unendlichkeit. Alles, was ihr habt. Ein Teil von euch muss es nur sein. Macht die Taschen leer, kämmt euer Haar mit diesem Kamm und alles, was im Kamm hängen bleibt, kommt auch in den Kreis. Denn in den Haaren und im Fell der Tiere befinden sich Dinge aus eurem alten Land. Diese alten Reste sind wichtig für die neue Zeit. Alles lebt auch aus der Vergangenheit. Daraus machen wir zusammen mit dem Wasser der Ozeane euer neues Land.

Sicherlich fragt ihr uns auch nach dem neuen Leben. Aber das Leben hattet ihr nie verloren. Ihr hattet es nur nicht mehr bemerkt. Sonst wäret ihr niemals hier angekommen. Denn nur, wer wirklich lebt, erreicht das Tal der Lichter. Der Weg zu uns gab euch den Glauben wieder. Den Glauben an euer neues Leben verbunden mit der Hoffnung auf ein neues Land."

Nachdem die beiden ihre Rede beendet hatten, leerte jeder seine Taschen aus. Dem Hirsch und dem Reh kämmten wir das Fell. Dann legten wir alles, was wir hatten, in den Kreis. Als das Kind seinen Rucksack öffnete und den versiegelten Brief hineinlegte, herrschte plötzlich große Aufregung. Sie nahmen den Brief an sich, lasen ihn und fielen vor ihm zu Boden.

„Du bist der König, der verloren war. Zumindest dachten wir das in den letzten Zeiten. Dann bist du auch noch ein Kind und sollst so mächtig sein! Das hatten wir nicht erwartet. Und nun bist du hier, benötigst ein neues Land; damit du dich frei entfalten kannst. Erst dann zeigt sich deine wahre Macht.

Wir hatten noch nie einen König im Tal der Lichter. Noch nie hat ein König sein Land verloren durch eine äußere Macht. Aber jetzt geht es wieder weiter. Wir hatten schon große Furcht um den Frieden der Völker. Mussten lernen, wieder an die Möglichkeit des Krieges zu denken. Weil wir schon seit langer Zeit nur den Frieden kennen. Wir haben kein einziges Land mehr, das noch Soldaten hat. Also hätte der schwarze Adler leichtes Spiel gehabt. Schön, dass es wieder weitergeht.

Deinen Namen erfährst du, wenn du in deinem Land bist. Mit deiner Krone ist es genauso. Der Soldat sagt dir deinen Namen, und die Krone bekommst du auch von ihm. Er wird immer für dich da sein, dich beschützen. Sein ganzes Leben lang. Wenn er nicht mehr sein wird, dann sind es seine Kinder. So wird es immer weitergehen.

Du selbst wirst unendlich sein. Wir wissen nicht in welcher Gestalt, aber das Königliche wird stets bleiben. Du darfst es auch weitergeben. Durch dich werden Konferenzen über alle Grenzen hinaus einberufen. Sie finden statt in deinem Schloss. Von weit her werden sie zu dir strömen und dich um Rat fragen. Deshalb brauchst du dein Reich auch nicht verlassen. Du wirst alles zusammenhalten, obwohl du niemals alle Länder sehen wirst. Dafür sind es zu viele.

Hierhin wirst du übrigens niemals mehr kommen. Das Tal der Lichter darf man nur einmal betreten.

Jetzt haben wir euch alles gesagt. Mehr gibt es nicht. Wir ziehen uns jetzt zurück, und es wird ein großer Sturm aufziehen. Vor dem Sturm braucht ihr euch nicht zu fürchten. Er nimmt euch mit in den Raum der Unendlichkeit. Angekommen seid ihr dann, wenn er euch fallen lässt. Ihr spürt es daran, dass es lautlos wird.

Jetzt nehmt ihr dieses Tuch von uns mit der Erde für das neue Land und öffnet es. Eure Dinge aus der alten Welt sind auch darin. Wenn ihr das gemacht habt, dann steht ihr in eurem neuen Land. Wie viel Ozeane ihr wollt, dass fragt euch selbst. Es sollte aber immer eine durch zwei teilbare Zahl sein.

Das Schloss wird gebaut durch die Krone. Setzt sie auf und dann wieder ab. Setzt sie danach dorthin, wo das Sonnenlicht zwischen den beiden großen Bäumen steht. Die Krone ist das Fundament für das Schloss. Sobald es an der richtigen Stelle steht, wird in wenigen Minuten ein wunderbares Schloss erbaut. Es hat die Form einer riesigen Krone und kann unendlich viele Gäste beherbergen, weil es unendlich ist. Trotzdem wirst du, Kind, es beherrschen. Du wirst immer wissen, wer dein Gast ist."

Das neue Land

Die beiden entfernten sich vorsichtig, ohne sich zu verabschieden. Sie winkten uns nur noch einmal aus der Ferne zu, bis der Horizont sie schließlich verschluckte.

Kaum waren sie verschwunden, wurde es ungemütlich. Es wurde kalt, ein Donnergrollen näherte sich mit rasender Geschwindigkeit. Wolken, Blitze und Regenwände hüllten uns ein. Irgendwann wurden wir schließlich getragen von einem schwer zu beschreibenden Wind. Einen Wind, der sich dauernd änderte und uns dennoch im Zentrum festhielt und mitnahm. Für die Zeit hatten wir in diesem Moment überhaupt kein Gefühl mehr. Wir hatten scheinbar alles abgegeben.

Wahrscheinlich ist das immer so, wenn man sich für einen Moment in der Unendlichkeit befindet. Eine andere Erklärung blieb uns nicht. Während wir so mit uns selbst beschäftigt waren, wurde es allmählich leiser. Jegliche Geräusche um uns herum verschwanden. Wir hörten nur noch uns selbst.

Die Wolken ließen uns immer mehr in die Unendlichkeit des Raums schauen und gleichzeitig fielen wir auch so weit. Ohne uns dabei zu verlieren. Wir mussten uns noch nicht einmal festhalten. Jeder schien einerseits für sich selbst zu fallen und nahm andererseits jeden anderen mit.

Jetzt war es so weit. Wir öffneten unser Tuch. Ließen alles fallen und in den Raum gleiten. Kaum hatten wir das hinter uns gebracht, da standen wir in einem neuen Land. Wir sahen Täler, Wiesen, Blumen und das Gras, das sich im Wind bewegte.

Als sich vor uns ein leeres Meeresbecken offenbarte, nahm das Kind Tropfen für vier Ozeane und ließ sie in den Sand fallen. Nur wenige Augenblicke später standen wir vor einem großen Meer, das mit den anderen sicherlich in Verbindung stand. So wie der Wal es uns ja erzählt hatte. Deshalb musste unsere Welt sehr groß sein. Unsere Augen reichten nicht aus, um jemals alles zu überblicken. Aber das sollten sie auch nicht. Es sollte nur jeder für sich selbst sein Leben finden.

Zum ersten Mal sprach ich das Kind mit seinem Namen, ,Eliano', an. Es erhielt seine Krone und erbaute ein wunderschönes Schloss. Dieses Schloss wurde unter allen Gästen berühmt. Bis heute kommen sie von weit her, um zu konferieren.

Ich selbst trat in die Dienste des Königs. Passte auf, dass niemandem etwas passierte. Begleitete staatsmännische Konferenzen und sah täglich berühmte Lebewesen, die nicht jeder zu sehen bekam. Aber am glücklichsten war ich immer dort, wo das Gras sich im Wind wiegte. Und einmal im Jahr nahm sich auch der König Zeit, und wir trafen uns auf einer Lichtung im Wald mit den anderen. Für uns war es der Tag des neuen Landes. An einem dieser Tage brachten wir auch den Kompass gemeinsam zum Ozean, damit dieser seinen alten Platz im Meer wieder einnehmen konnte.

Auch Endri und das Reh wurden glücklich. Fanden alles und lebten. Ab und zu besuchten sie mich in unserem Zaubergarten. Von dort nahmen sie immer wertvolle Kräuter mit.

Das alles ging so lange, bis wir eines Tages starben. Nicht alle gleichzeitig. Nein, jeder nach seiner Zeit. Aber wir hatten alle viele Kinder, die einen Teil von uns mitnahmen. Und die gaben ihre Dinge weiter. In der Hoffnung, dass dadurch ein Teil von uns unendlich würde.

Zeitfracht Medien GmbH
Ferdinand-Jühlke-Straße 7
99095 Erfurt, Deutschland
produktsicherheit@kolibri360.de